U0711639

[日] 荻上直子

李诺 译

[日] 百濑忍 著

人生密密缝

湖南文艺出版社
HUNAN LITERATURE AND ART PUBLISHING HOUSE

博集天卷
CS·BOOKY

好好读书

咚咚咚。

友子一边摇晃着书包，一边爬上了公寓的楼梯。打开家门，一股气味从房间里向友子涌来。

友子默默地在心里说了一句：

我回来了。

不久之前，友子还会试探性地对着屋子里说一声"我回来了"，但升上五年级之后，就再也没有这么干过了。今天早上离开家的时候母亲博美还在熟睡，而友子回来的时候，她已经出门了。

打开玄关的大门之后，便能一眼看见厨房和饭厅。窗帘总是紧闭的，而房间有些昏暗。一进门，便是厨房。因为博美从来不做饭，所以水槽里放的三角形厨余垃圾桶总是空的。

不过，倒是堆了很多方便食品的包装袋、塑料盒，还有没洗的餐具，它们纷纷散发着令人厌恶的异味。洗好的衣服挂在毛巾架上好几天了，全都沾上了厨房传来的臭味。

友子径直走向客厅，打开了电视。刚好傍晚的新闻节目开始了。虽然对内容毫无兴趣，但友子并没有换台或者关掉电视。

在饭厅的尽头是通往阳台的玻璃门，窗帘轨道上挂着的晒袜子、内衣用的衣架，上面夹着洗好的衣物。即便是晴天，友子家依然把衣服晒在室内。

友子踮起脚，开始收衣服。毛巾、友子的打底裤、居家服的短裤、挂得邋里邋遢的丝袜，以及博美的内衣……友子开始叠衣服，夕阳透过紧闭的窗帘映在她身上。她把自己的衣服和博美的衣服分好类，忽然她的手停住了。一件从来没见过的新胸罩，还有配套的内裤。

只要博美的漂亮内衣开始变多，就意味着她不在家的日子会增加。而这样的时期又来临了。友子轻轻地叹了一口气。像这样新衣服增加的时期里，博美的眼睛根本看不到友子。

不过，这依然比博美心情不好的时候要强。一脸阴沉地回到家，闷闷不乐，不管说什么都没有反应，甚至还会把气撒到友子身上。而仅限于这种时候，博美在家的时间才会增加。博美近几年来，都在这两种状态之间反反复复。现在正处于博美不着家的时期。这说明她心情好，既然是这样，那就没有问题了。友子强迫自己这么想。

桌子上放着两个便利店的饭团和速食味噌汤。一个鲑鱼饭团，一个昆布饭团。味噌汤是蚬贝的，味道每次都一样。

友子写作业前，随手拿了一个饭团。撕开玻璃纸，扔进垃圾箱。垃圾箱里装的玻璃纸多得都快装不下了。包裹着饭团的海苔，每咬下一口便会发出清脆的声响，这声音在这个只有友子一人的家里，显得格外刺耳。

友子泡完澡，吹干头发，准备好明天的东西。随后走进饭厅旁边的和室，把叠在角落里的被褥铺在地上。友子今天早上起床的时候，把自己的被子对折好，靠在了房间的角落里，而博美的被子铺开在榻榻米上没人管。

友子手里捏着一条已经有些破烂的猫咪图案的擦手巾，

钻进了被窝。是从什么时候开始用这条擦手巾的呢？她自己也不记得了，但现在没有这条擦手巾就会睡不着。

半夜里传来了开门的声音，玄关的门打开了。一阵慌张跑进厕所的声音，把友子吵醒了。

"哕……呜呜呜……哕……"

博美在厕所里呕吐。友子躲在被子里，用手堵住耳朵。这样的夜晚，至今为止不知道有过多少次了。虽然她习惯了，但她讨厌这一切。不管是喝了酒走路东倒西晃的博美，还是喝醉了以后说些莫名其妙的话，哭哭笑笑的博美，友子都不喜欢。

接着，传来博美从厕所出来，拧开水龙头的声音。她用水漱了漱口，走进卧室，衣服也不脱地一头倒在被子里。身上不盖被子，就这么睡着了。

"呼……"

博美翻过身，背对着友子，只听见她的鼻息声。友子悄悄地看了一眼博美。博美裹着压在身下的被子，肩膀从错位的白色罩衫的领口露了出来。

闹钟响了,友子从被窝里出来。换好衣服后坐在桌旁,把头发全部绑在脑后。她已经想不起来,上次博美带自己去理发是什么时候的事情了。刘海已经长得很长了。桌子上还剩着昨天的昆布饭团。蚬贝味噌汤也没喝。结果昨天就只吃了鲑鱼饭团。虽然友子的肚子很饿,但她也得忍耐到中午发放营养午餐。

"呀啊啊啊,我要死了。"

博美一边挠着乱糟糟的头发,一边从和室走了出来。一副马上就快要吐出来的样子,并且发出了令人"敬而远之"的咳嗽声。

"我出门了。"

友子赶紧背上书包,朝玄关走去。

"难受……"

关门的同时,听见博美喝水的声音。

上课前的教室里，男生在互相追逐打闹，女生分成了几个小团体在各聊各的。友子的座位在教室的正中间，从后面数第二排。小彩、久留美和雪乃围在友子座位的四周。手巧的小彩在友子身后，把她的头发编成了三股辫。

"话说最近，春菜和清水好像开始交往了哟。"

"欸，不是吧？"

久留美和雪乃讨论着八卦，其间还混杂着男生的嬉笑声。班里调皮捣蛋的男生们，从刚才开始就一直一边偷笑着，一边在黑板上乱写乱画。

"同性恋""死变态""泽村海人妖"……

手里拿着天蓝色和粉红色的粉笔，用粗大的字体一边写一边嘻嘻哈哈地笑着。男生真是幼稚。友子对此感受十分深刻。

"春菜连别的学校的男生都不放过啊。"

小彩低声说道。

"所以这个清水是谁？"

友子问道。她们三个人似乎都认识这个叫清水的男孩子，友子却不知道他是谁。

"同一个补习班的人。"

"友子也和我们一起去补习班嘛！"

"欸？"

突然聊起了补习班，所以友子想要糊弄过去。

"别说梦话了，她们两母女家里可穷了。"

在黑板上乱写乱画的雄太突然走到友子的座位旁。

"关你 × 事！"

友子立马回击。

"死胖子，滚一边去！"

"小心我把你烤成五花肉吃了！"

"才不要呢，那得多难吃啊！"

小彩她们也毫不留情。

"吵死了，你们这些丑八怪！"

"啊？"

"闭上你的嘴！"

"恶心死了！"

"一脸尿样！"

"难以置信！"

男生和女生吵个不停，这时候被男生在黑板上涂鸦攻击的小海一言不发地站了起来，把黑板擦了。他的衣领周围和衣服下摆镶了线条，一看就知道质量不错的 V 领毛衣，搭配卡其裤。整个学校这样打扮的大概只有小海了吧。皮肤白皙，手脚纤细，从背影看上去就是个女孩子。和女生吵架输掉的男生们朝走廊跑去。小彩她们又开始聊八卦。

"所以，他们在哪儿约会呢？"

"公园啊，游乐园。"

"就他们两个人？"

"嗯。"

"不是吧，太恶心了。"

雪乃这么说道，小彩和久留美纷纷点头赞同。这时，擦完黑板上的涂鸦，小海转过身，就像被雨淋过的小狗一样——这样的修辞虽然在电视上听到过，而小海的眼神真的和可怜的小狗一模一样。友子和小海的视线不小心对上了，这时友子才发觉自己一直在盯着小海看。一瞬间友子和小海互相注视着，友子慌张地移开了目光。

"太雷人了。你说是不是，友子？"

雪乃她们还在聊春菜的八卦。突然被搭话的友子，抿嘴笑了笑，点了头。

友子一个人走在放学回家的路上。友子住在坡路很多的北边，这一带大概一直到开学典礼都还很寒冷。直到最近几天，才渐渐地有点春天的感觉了。不需要穿厚重的外套了，路边的小花也开了。

友子正要爬上通向公寓的楼梯时，她听见了电子游戏的声音。抬头一看，小海正坐在楼梯上打游戏。友子装作没看见，三步并作两步走地爬上了楼梯。

"我爸妈给我买了新的游戏。你玩吗？"

小海站起身。

"我说你啊，"友子说道，"不要在学校往我这儿看。会让别人以为我和你是一路人，好吧？"

"我没看你。"

"明明就看了。"

友子扔下呆呆地站在原地的小海，走进了公寓。

小海在学校里没有朋友。他和友子从一年级开始就在同一个班，还当过好几次同桌。因为他有很多友子没有的游戏，所以从低年级的时候开始，他们在放学回家的时候一起打过好几次游戏。最开始是在小海家里玩，后来变成去友子家里玩。这是因为友子发现小海的母亲看她的时候，眼里没有一丝笑意。而且友子家里总是没人，小海也觉得在她家里更自在。两个人的家庭环境截然不同，但总能感觉到一丝同类的气息，也许正是因为这样，小海似乎对友子抱有几分亲近感。

但是，升上高年级之后友子开始和小海保持距离。虽然有点对不起小海，但友子不想被小海单方面地当成朋友。到了高年级之后，男生和女生走得近，马上就会传出八卦。而且如果对方是小海的话，问题就更复杂了。要在女生的生态圈中生存是很艰难的，要时刻提防着不被同伴抛弃，这样才是最保险的。友子不想在学校生活中遇到麻烦。因为友子的日常生活中已经充满各种麻烦了。

友子把钥匙放在门口边的架子上。今天她没有说"我回来了"。但这也并不意味着什么。友子看了一眼和室里面。被子没收，博美不在，和平时一样。友子把书包放在客厅的地板上，往桌上一看，昆布饭团和蚬贝味噌汤。和早上出门的时候一样。但饭团的旁边，有一张字条和两张一万日元的纸币。

这是做什么？友子心里这么想着，拿起了字条。

不知从哪里撕下来的纸上写着博美潦草的字。读完之后，友子久久未能理解字条上的话的意思。她的心脏跳得很快，呼吸有些困难。肩膀剧烈地上下抖动着，耳边能够听见自己心脏跳动的声音。友子几乎快要被心脏的声音吞没了。

好大一会儿的时间，友子呆在原地一动不动，直到呼吸恢复正常，终于让自己的心情平复下来。她深深地呼了一口气，把字条揉成了一团。

　　背着课外参观学习用的双肩包，友子走在河边的小路上。这一带的樱花，开始长出星星点点的嫩芽了。过桥的时候，她忽然停下了脚步，把身体从栏杆上探出，望着桥下的水流。这是一条流经住宅区的小河，水质一点也不清澈。不过水量倒挺大的，水流碰击在石头上，哗哗地流走。友子在嘴里含了一口口水，口水从嘴里流进河里，很快就不见了。双手抓着栏杆的友子起身往后一仰。

　　"啊——"

　　她对着天空大声呐喊，像是要把心中的阴郁全部吐出来一般。但很快就没气了。做这种事也不会让心情好起来。友子松开栏杆，大步离去了。

人生密密缝

友子走到一家书店，往放漫画的地方走去。她在找班里同学之间流行的漫画，把漫画书全部平铺开来。"既然有两万日元，我现在可以一口气全买了。"友子手里拿着几本漫画书，在收银台前排队。

"感谢惠顾。欢迎您再次光临。下一位客人，这边请。"

认真工作的店员，帮上一位客人结了账。友子朝收银台走去，咚地放下一摞漫画书。戴眼镜的男店员看见友子的一瞬间，停下了手中的工作。

"不是吧？"

站在收银台里一脸无奈的这个人，是博美的弟弟牧男，友子的舅舅。友子没有说话，只是点了点头，她掏出了钱包。

"算了算了，我买给你。"

牧男一边结账一边说道。

"真是的，简直拿你这人没办法。"

牧男一边把书装进绿色的塑料袋里，一边叹着气。

"你几点下班？"

友子接过塑料袋问道。

"六点半。"

牧男简洁地回答道。

牧男从不加班。因为喜欢书，所以大学毕业之后一直在大型书店工作了十多年。最开始在总务部，后来以同住的母亲小百合病倒住院为理由，主动申请调到上班时间灵活的销售部。不管有多忙他都会准时下班。这就是牧男。

友子一来，他就马上跑到里面的休息室给博美的手机打电话。可是博美不接。他又给博美公司的前台打了电话。

"您好，我是经理部小川博美的弟弟，麻烦帮我转接给小川。"

只听对方说请稍等，接着便切换成了保留通话的音乐。

过了一会儿，接线员告诉牧男，说小川已经离职了。

"这样啊，谢谢您。"

牧男挂断电话，深深地叹了一口气。

下班后，牧男从书店的后门出来，环望四周，发现友子正蹲在地上读刚才买的漫画。到了春天以后，白天变长了，六点半天色还不算太暗。

"我姐辞职了。"

牧男不知道友子听了会是什么样的表情。他本以为友子会很吃惊，但友子面不改色地沉浸在漫画里。不，也有可能是假装的。小时候，母亲和博美三天两头就在牧男面前大吵大闹。每次牧男都躲起来读书，等她们吵完。他看着友子想起了那时的自己。

"这次她又去哪儿了？"

过了一会儿，牧男跑到友子旁边蹲着。

"不知道。"

友子抬起头回答道。

"跟谁跑了？"

对小学五年级的孩子来说，这是多么残酷的问题。虽然牧男心有不忍，但还是发问了。

"不知道。"

但应该就是那么回事。

"你也有个让人不省心的妈啊。"

牧男又再次叹了口气。

"友子。"

听见牧男叫她，友子总算抬起了头。

"友子你也长大了啊。"

牧男朝友子微微地笑了笑，友子却露出了欲言又止的表情，但又立刻把目光转向了漫画。

友子和推着自行车的牧男并排在黄昏的河岸上走着。这条河跟友子家旁边那流淌在街道之间的小溪不同。这是修了堤坝，可以沿着堤坝走到河边的大河，不时还能听见电车从铁桥行驶而去的声音。

"上次是什么时候的事了？"

牧男望着前方问道。

"三年级暑假。"

"好吧。"

两个人过了好一会儿都没说话。

大概一年半以前，同样的遭遇发生在了友子身上。那时友子不知道如何是好，去了牧男的书店之后，依然很是不安，一看见牧男就大哭起来，把牧男弄得不知所措。

不过博美在第二学期开始之前，又若无其事地回来了。博美回到了和友子两个人的生活，虽然老实了好一阵子，但很快又开始昏昏度日，常常把友子一个人扔在家里。所以友子都习惯了，她和以前那个时候的友子不同了。如果还动不动就哭的话，日子就过不下去了。

"反正过不了多久又会被甩掉，她还会回来的。"

牧男说道。

"她怎样，我都无所谓。"

友子有些敷衍地说道。分不清她是真心这么认为，还是在勉强自己。友子每天都在逞强，她自己也不知道自己真正是怎么想的。上次博美失踪的时候，牧男和友子心里都很慌，四处联系打探，想了各种对策。而那时明白的事情只有一件——只有等博美自己想通了，不然周围的人说什么也没用。所以，牧男和友子不再做无谓的挣扎了。

"到了家，我想玩你家里那台游戏机——Wii。"

"好啊。"

"有人打破我之前的纪录吗？"

"这就不知道了。"

牧男把头转向前方说道。他的嘴欲言又止地微微张开。终于……

"其实现在我和别人住在一起……"

令人预想不到的话从牧男嘴里跑了出来，友子不由地发出了"欸？"的一声，她呆在原地。牧男也停下了脚步，看着友子。

"是一个我很珍惜的人。"

牧男一字一句地说道，就像学校的老师在语文课上教新词的时候一样。友子的大脑在飞转，试图理清状况。

也就是说，牧男有老婆了？或者是他想娶的人？我去了会打扰到他们？我再也不能去牧男家了？

"我提起过你。她听说我侄女要来，也挺高兴的。"

不知是不是因为牧男察觉到了友子心中的不安，他说话的声音特别温柔。

"但是，我不知道该怎么说……我对象这人有点奇怪，不不，不应该说奇怪……"

牧男转过身，往前迈开了步子。

"在你见到之前，我还是先跟你说一声……"

奇怪的人？究竟是个什么样的人呢？

在学校，大家都说小海是个奇怪的家伙；而在博美眼里，牧男是个奇怪的家伙。牧男说的奇怪的人，又会是什么样的人呢？真搞不懂。

友子跟在牧男身后走着。从后侧看过去，牧男的表情非常柔和，还一副笑眯眯的样子。博美得意忘形的时候也会露出这样的表情。但是这样的牧男，友子还是第一次见到。

友子每天都在逞强，
她自己也不知道自己真正是怎么想的。

彼らが本気で編むときは、

从书店一路走过来，花了不少时间，终于到了。牧男家在一个老旧的住宅区里。牧男把自行车整齐地停放在自行车停车场的空地上。接着两人爬上了楼梯。

"我回来了。"

牧男打开门，对着里面呼喊道。话说起来，以前牧男从来不说"我回来了"这样的话。究竟会是什么样的人出来迎接他们呢？

"你回来啦。"

牧男"珍惜的人"就在眼前。一个身影朦胧地浮现在房间的暖光中，这个人身穿碎花连衣裙，披着针织衫。

"欢迎来我们家做客，小友。"

她个子很高，略微地弯下腰看着友子，脸上带着笑容。

说话的方式和说话的声音都非常温柔。

"啊，我……"

友子整个人都僵住了。

"我叫伦子。"

伦子。是这个人的名字。虽然没怎么化妆，但是很漂亮。可是这个人……友子全身僵硬了。

"请进。"

伦子邀请友子进屋里。

牧男的家，一进大门，左侧是西式客厅和西式厨房，右侧是当作卧室的日式房间。虽然和友子家的公寓布局差不多，但牧男家的厨房是独立的，所以要宽敞许多。以往来了牧男家，友子总是一屁股坐在沙发上就开始打游戏，但友子今天并没有这么做，而是环顾了一下客厅。

"是不是和上次来的时候完全不一样了？"

和室的推拉门都没有关，牧男就开始脱衣服，他一边脱掉上衣一边问道。友子站在原地，没有说话。

客厅的灯开着。但是灯所营造的氛围，和上次来的时候完全不同。上次来的时候，只有一盏挂在天花板上的普通白色照明灯。而现在四处都有台灯，台灯的光反射在墙壁和地板上，让整个房间都发出朦胧的光亮。和室也是同样的。

"以前这里除了电视和书，什么都没有。"

正如牧男所说，以前这里就是个书架上摆满书，毫无风情的房间。而且，不知道是不是因为放置了太多书，房间里一股灰尘味。但是现在闻不到一点书的味道，只有一股甜甜的、好闻的味道。

上次来的时候还没有电视柜，柜子上面放着可爱的猫咪装饰品和花。沙发靠背上随意地铺了一条毯子，放了几个靠枕。这些都特别好看，窗帘和观叶植物也都特别好看，像杂志里的那种一样，特别洋气。和室里有张梳妆台，上面放着化妆品、美甲用品。

"伦子，事出突然。真是太不好意思了。我的这个姐姐从以前开始就毫无责任心。"

换上居家服的牧男，对厨房里做饭的伦子说道。

只见正在做饭的伦子转过头，瞪了牧男一眼，她没说话而是摇了摇头。

怎么能说这样的话呢？

伦子用眼神和表情批评了牧男。原来她是在担心友子的感受。但这依旧没能一扫友子心里的别扭。

见牧男走进了厨房，友子往沙发上一坐，打开了 Wii。在台灯淡淡照亮的房间中，响起了不太搭调的电子音。友子在电视机画面上检查着每一个对战游戏的排名，蝉联第一名宝座的友子的名字，全部被伦子的名字取代了。没想到这个漂亮又安静的人，游戏还打得这么好。友子顿时觉得自己的心情有点复杂。

"听说小友要来，我好开心。一不小心就做多了。来，快吃吧！"

伦子一边把菜端上桌，一边对友子说道。

"嗯……"

友子听见伦子跟她说话，却依然沉浸在游戏中。手停不下来。

人生密密缝

"友子。"

牧男一边往两人的杯子里倒着啤酒，一边用严厉的口吻叫她的名字。友子没办法只好结束游戏，坐到桌边。

"哇。"

看着一大桌料理，友子不禁发出惊叹的声音。

烩饭、裙带菜味噌汤、日式炸鸡、南瓜沙拉，还有不知道叫什么名字，放了虾的中国风炒菜……色彩丰富的料理，美美地呈现在盘中。

仿佛是电视广告和电视剧中出现的餐桌。友子从来没有吃过菜品这么丰盛的晚餐。这时友子才发现，原来自己肚子早就饿了。

"我开动了。"

牧男和伦子在胸前合掌，微笑着碰了碰啤酒杯。友子恨不得立马把手伸向眼前的美味佳肴。但是她偷看了一眼，坐在对面和牧男聊天的伦子。

这次友子十分确信——果然这个人是男的。但是没办法开口问本人，也不能问牧男。

"别客气，多吃点。"

伦子看向了自己这边。

"我开动了。"

友子也在胸前合掌。究竟从哪里开始下手才好呢？太难以抉择了，总之先来一口最喜欢的食物。友子咬了一口炸鸡。面衣酥酥的，里面很多汁。而且更重要的是，这个炸鸡不是冰凉的。能吃到刚做好的炸鸡，友子从内心表示感激。友子吃了一口碗里的饭。刚煮好的米饭是如此温暖、软糯。

"好吃吧？伦子可会做饭了。"

牧男一脸高兴地说道。

"才没有呢。只要跟着料理书做，谁都会。"

伦子用手掩住嘴，笑了起来。举手投足，每一个动作看上去都很美。

"小友，你喜欢吃什么？"

"啊，我什么都喜欢。每一个菜都很好吃。"

友子紧张地回答道。

"你这么说可不行。得好好告诉我，你喜欢吃什么？"

"嗯……萝卜干、酱油腌蚬贝什么的。"

友子拼命地思考，很努力地回答，伦子却被逗笑了。

"你这口味简直像个老头子。你将来肯定是个酒鬼。"

"你这喜好一看就是居酒屋的菜单。"

牧男也笑了起来。没错，这是家附近的居酒屋的菜单，恰逢博美心情好的时候带友子去的。

"小友，你住在这里的这段时间，我一定做给你吃。"

伦子微笑着探出身。不知道该怎么回答的友子低下了头。好的，请务必做给我吃——这么说好像也不合适。不了，怎么能麻烦您呢——尽说些客气的话也不对。

她说"我住在这里的这段时间"——我会在这里待多久呢?

"啊啊，弄得我都突然想吃酱油腌蚬贝了呢。台湾口味的那种。"

伦子往自己的杯子里斟上酒，啤酒瓶就这么空了。

"小牧，再来一瓶。"

牧男一边应声，一边站起来走向厨房。友子好久都没有和其他人一起团坐在餐桌前吃顿饭了，她不停地把筷子伸向眼前的各式美味佳肴。

友子泡完澡，只见牧男在沙发上睡着了。上半身穿着居家服的格子衬衣，下半身却只穿了平角裤。

"小牧真是的，别在那种地方睡觉。"

伦子收拾好游戏机，又批评起了牧男。

"嗯……"

手里拿着文库本就睡着了的牧男，应答了一声之后却不见他起来。友子站在客厅前，一边用柔软蓬松的浴巾擦着头发，一边听着两人的对话。

"听话。小牧，该你泡澡了。"

伦子走到牧男旁边，摇晃他的身体。

"嗯。"

牧男还是一副不想起来的样子。

"别赖了。"

伦子更用力地摇了摇，牧男嗯的一下立起身。一边脱衬衣，一边从友子旁边走到浴室里。

"丑死了。真不知道是哪里买的这么难看的裤衩。"

伦子看着友子，笑了笑。的确，友子也见过牧男穿的浅黄色、橘黄色、紫色，以及图案令人费解的肥大的平角裤。伦子接着又走进和室，开始铺床。

"小友，快来帮我一把。"

听到伦子的呼唤，友子也走进了和室。伦子正拿着床单的一侧，友子把床单铺平了，塞进了床垫下。

"这样可以吗？"

"好了，谢谢你。"

友子点了点头。三个人的床铺，一下让和室变得拥挤起来。天蓝色床铺旁边是粉红色的床铺，那是牧男和伦子的。友子在两个人脚边的四四方方的空隙上，铺好了白色的被褥。

"对不起哟，小友，可能有点窄。"

"不会不会。"

"你怎么去上学呢？从这里去的话，是坐电车？"

"不用，虽然有点远，但也不是不能走路的距离。"

"是吗？"

"不过明天我请假，回趟家里拿行李。"

"嗯。那明天我把中午的便当给你准备好。"

"不麻烦了，没关系的。我随便买点什么来吃就行。"

友子连忙摇了摇头。为什么伦子会对自己这么亲切呢？晚饭确实很好吃，可是连便当也要让伦子帮自己做吗……友子感到有些困惑。兜里还有博美留给自己的钱，友子也习惯了在外面买东西来吃。

友子怕被误会，有礼貌地摇了摇头。伦子什么也没有说，面带笑容地开始整理被子。

友子不经意地抬起头，看着伦子。伦子的鼻梁十分挺拔，她的侧脸真的特别好看。但令友子在意的并非鼻梁，而是正在整理床单的伦子的胸口。和博美的新内衣类似的、华丽的蕾丝胸罩，而被胸罩包裹着的是隆起的胸部和乳沟。眼睛不自觉地就会盯着那里看。

嗯？所以"她"不是看上去像女人的男人，本来就是女人？

友子的脑袋瓜在积极地思考着。这时，感觉到了视线的伦子抬起头。伦子的嘴角依然带着微笑。友子慌忙地移开了视线，拿出自己包里的猫咪图案的擦手巾。

"牧男告诉你了吗？"

伦子一边铺开枕套，一边向友子问道。

"关于我的事情。"

"欸？"

"我啊，生下来的时候是个男孩子呢。"

"哦……"

果然是个男人啊。可是，友子又陷入了混乱。

"我的身体已经改造完毕了。不过，户口上还是男的。"

"嗯嗯……"

"像我这样的人，你应该听说过吧。"

被伦子这么一问，友子表情僵硬地点了点头。在电视上看见过被叫作"姐姐"的艺人们，在学校里小海因为动作像女孩子，被人叫作"人妖""同性恋"。

可是……

刚到这个家里来的时候的疑问，算是解决了一个了，但还是有很多事情让友子觉得不可思议。

比如，牧男和伦子是恋人吗？牧男之前说是"自己很珍惜的人"，所以他们会不会是朋友呢？友子很想知道答案，似乎又不太想知道答案。友子想要快点结束这个话题，可是她不知该如何是好。而这时伦子用正坐的姿势，靠到友子的身旁来。

"一边 200 毫升，E 罩杯。"

伦子用手抬起自己的胸，给友子看。友子有些犹豫，但在好奇心的驱使下，友子立起身直端端地注视着伦子的乳沟。

"要摸摸看吗？"

伦子坏心眼地笑了。

"这个……"

"请吧。"

请吧——就算伦子这么说，友子也无从下手。

"不了。"

友子猛地把背贴在了背后的书架上，紧紧地抓住伦子和自己之间的那床被子摇了摇头。虽然伦子面带微笑，但两个人之间顿时被尴尬的气氛包围了。

"啊——好舒服。"

用干毛巾用力擦拭着头发的牧男忽然出现了。大大咧咧的牧男拯救了友子,友子终于松了口气。

"这么快就洗完了吗,牧男?你好好洗了吗?"

"怎么没有?"

牧男大声地说道,接着抽了抽鼻子。

"你的下面呢?"

从伦子口中冒出来的词语,让好不容易恢复淡定的友子又吓了一跳。

"里面外面都好好搓了又洗了。"

牧男就像什么事都没有一样地回答了问题。

"真的吗?"

两个人的对话,让友子不知所措。来到这个家以后,一直都是这样的心情。

"晚安。"

牧男对友子的心情全然不知,一头栽进被窝里睡了起来。

白色 T 恤外加睡裤，腰上还裹着一条彩色的毛线护腰。

"真是的，你会感冒的。"

伦子一边笑着一边给牧男盖上被子。

友子真不希望牧男就这么留下她和伦子两个人独处。

友子手握猫咪图案的擦手巾，身体僵硬地抱着枕头。

从小的时候开始，伦子就觉得自己是一个女孩子。

"好可爱啊，长得就像个女孩子。"

几乎每一个看见伦子的人都会这么说。

皮肤白白，脸颊粉嫩，长长的睫毛。十分可爱。

大家都喜欢夸伦子。

"人家是女孩子！"

伦子每次这么辩解，别人就会笑着说："哎呀，小弟弟真有趣。"有什么好笑的？我才不是"像女孩子"，因为我就是"女孩子"。伦子感到费解。

伦子喜欢魔法少女类型的电视节目。和女孩子们聚集在一起扮家家，假扮魔法少女。一个人在家的时候，她经常练习魔法少女的咒语。

"芭芭拉能量，变成公主！"

伦子喜欢对自己施加法术，把自己变成穿着粉色裙子的公主。

而最令伦子兴奋的，是和富美子一起上街购物。

"喜欢哪件衣服？"

只要被富美子这么问道，伦子一定会伸手指着粉红色的衣服说：

"人家喜欢……"

对伦子说话的方式，幼稚园的老师总是会纠正道："小伦是男孩子，所以应该说'我（僕，读作 boku）'才对吧？"但伦子还是依然会说"人家"。

那时，父母离婚了。性格开朗、爽快的富美子对伦子说："小伦，从今天开始，我们两个人一起努力生活下去吧！"而伦子也下定决心要成为富美子的小帮手。关于父亲的记忆，几乎一点都没有。

刚上小学的时候，伦子每天都很开心。从幼儿园开始就一直关系要好的女生也和伦子在一所学校，伦子还认识了其他好多合得来的小伙伴。虽然很想跟大家一起穿裙子，但是有富美子每天早上给自己准备衣服，伦子已经很满足了。铅笔盒、橡皮擦和道具箱，全部都是粉红色的。休息时间里，伦子总会和要好的女孩子们一起聊个不停。性格开朗的伦子很受大家欢迎。

"莫非我自己和大家不太一样？"

伦子第一次产生这种想法，是在小学三年级的时候。一二年级的时候，游泳课上伦子穿的是男生的泳裤，当时并没有觉得很抵触。但到了三年级的时候，开始觉得光着上半身特别羞耻。男生和女生会面对面地各自站在泳池的两边，而伦子觉得自己应该加入女生的队列。

去要好的女孩子家玩化妆游戏的时候，被女同学的母亲撞见了。"小伦是男孩子，在男孩子脸上化妆，他多可怜啊。"朋友的母亲非常生气地说道。那天以后，伦子就不怎么去那个女孩子家里玩了。

伦子认为自己是女孩子，周围却把她当作"男孩子"来对待。

为什么会这样呢?

伦子的心中不断浮现出各种疑问。

从那时开始，学校变得不再有趣了。

而五年级的时候，发生了一件决定性的事件。

野外教学的时候，伦子住在男子宿舍。当然，澡堂也是和男生们一起。性教育的课程，也是被迫作为男生来参加。女孩子会来月经，胸部会开始发育。发育早的女孩子已经开始戴胸罩了。但这些变化都没有发生在自己的身上。

自己不是一个女孩子。声音变得低沉，长出了喉结……不管自己怎么哭，这都是无法逃离的事实。伦子感受到了无边无际的绝望。"变成女孩子吧"，伦子很想对自己使用魔法。然而，现实世界中没有魔法少女。

并且在那个时候，伦子有了喜欢的人。每次和那个人在走廊擦肩而过，或者和他说话，伦子都会心跳加速。回到家里，满脑子也都是那个人。伦子发现自己恋爱了。他在隔壁班，个子高挑，成绩优秀，和别的男孩子不同，不会说些无聊的话，是个有点像个小大人的男生。

有一天，关系要好的女孩子找伦子谈心，她和伦子喜欢上了同一个男孩子。她决心在情人节的时候告白。

"如果是小伦你的话，收到了什么样的巧克力会觉得高兴呢？"

伦子不是作为送巧克力的那一方，而是作为收到巧克力的那一方被征求意见的。这一事实，把伦子彻底击垮了。

伦子喜欢上的男孩子，喜欢的是"普通"的女孩子。而自己并不是"普通"的女孩子，甚至自己连一个"普通"人都不是。

伦子仿佛被推入了一个黑暗不见底的孤独深渊。她觉得也许自己这一生都将无法从这孤独的深渊中爬出。

但她并不认为"自己根本不应该出生在这个世界上"。因为富美子总是对她说，"有小伦在我身边，我实在太幸福了""虽然人生中有好多我想要从头来过的事情，但是我能够遇见小伦，我的一生这样就足够了"。富美子总是把伦子抱在怀里说伦子是"自己的宝贝"。

"我是带着他人的期望出生的孩子。我的存在让富美子变得幸福。"不管多么沮丧，不管在外面遇到多么讨厌的事情，不管有多么艰难，伦子都会这么想。漆黑的孤独深渊的底层，一丝光亮照了进来。伦子和富美子的感情很好，就像姐妹一样，两个人过得很开心。

伦子在老人之家工作。白色的制服，浅粉色的围裙。这是伦子最喜欢的搭配。男性员工是天蓝色制服和白色围裙，但伦子穿的是女性制服。因为户籍上是男性，所以伦子是作为男性被录用的。但这里的人非常理解和尊重伦子的想法和想做的事情。她心里充满了感激。

每天早上，伦子都会去小百合的房间接她。小百合得了痴呆症，腿脚不方便。伦子总是会推着她的轮椅，把她带到食堂的桌边。

"请稍稍等我一下下哟。"

伦子把早餐准备好，再把餐盘放到小百合的面前。

"好了，请慢用。"

小百合刚开始吃饭，手拿餐盘的八枝从对面的座位上走了过来。

“八枝女士，早安。”

伦子一面拉开轮椅，一面微笑着。

“早上好。”

八枝向餐桌就座的三位女性问好，接着开始吃早餐。在这所老人之家，有像小百合这样坐轮椅的入住者，也有像八枝这样头脑和身体都健全的女性。

“你好。”

一位老人走了过来，站在了伦子的面前。

“鄙人是鲛岛制药的齐藤。承蒙您关照。”

齐藤挺了挺背，递出名片，向伦子深深地鞠了一躬。

“我才是承蒙您照顾了。”

伦子微笑地回应道。齐藤每次都会这样进行一番问候。也许是因为作为上班族勤勤恳恳工作的日子，对齐藤来说是最美好的一段时光。又或许是由于常年的习惯，已经改不过来了。事到如今，真相不得而知。但在齐藤心里，他一直都是鲛岛制药的齐藤。

"齐藤先生，您老吃饭的位置在这儿。"

佑香走了过来。一头短发、有些男孩子气的佑香，和伦子交换了眼神，便牵着齐藤的手走开了。

"嗯？"

齐藤用两只手捏住佑香的手，一边确认手里的触感，一边思考着。

"这手要我说啊，属于坦率又顽固的人。"

齐藤这么说道，并且他每次一定会这么说。这已经是他和佑香之间来来往往过不知道多少次的名台词了。

"知道了，知道了。"

佑香轻描淡写地回了一句，说着便把齐藤带回了座位上。回到座位的齐藤，向餐桌上就座的每一个人毕恭毕敬地进行了问候之后，才开始吃早饭。伦子微笑着默默地注视着这一切。

叽叽叽叽叽。被鸟叫声唤醒的友子，一时间竟然没有反应过来自己身在何处。

哦，对了。这是牧男家。

牧男和伦子的被子都叠好了放在房间的角落。昨天晚上被子是收在柜子里的，不过大概是因为友子睡在柜子前面，所以不想吵醒她。

友子昨晚好像睡得很沉。以前总是会被博美回家时发出的各种声音吵醒，而昨晚不同。早上也是，如果博美比友子早出门的话，友子在被窝里也能感觉到博美的动静。

友子站起身，穿着睡衣来到客厅里。看来他们两个人都上班去了。伦子不在家，这倒是让友子松了一口气。餐桌上摆放着早餐——鸡蛋烧、通心粉沙拉和凉拌菠菜，盘子上包裹着保鲜膜，正中央有一个倒扣的茶碗。

还有一张写着"致小友。中午请吃这个吧ˆ▽ˆ"的字条，和餐巾包裹的便当放在了一起。写在带有花朵图案的可爱便签纸上的字非常漂亮，还画了颜文字。一阵暖意涌上了友子的心头。伦子她总是会让友子陷入某种不可思议的情绪里。

友子掀开保鲜膜，还没来得及坐下，就顺手塞了一个鸡蛋烧到嘴里。吃下一口甜甜的，打底的高汤更添几分鲜美，再加上这松软的口感。友子瞟了一眼厨房。伦子不仅料理做得细致，连厨余垃圾都收拾干净了，厨房里根本看不见任何蔬菜皮、鸡蛋壳什么的。友子接着走向了客厅。

昨天夜里，客厅里满是台灯昏暗朦胧的光线，而此刻整个房间里洒满了上午的阳光。友子很久都没有看见过窗帘打开的房间了。整个房间是如此通透明亮。这里既没有晒在屋内的衣服，也没有脱下乱扔的衣服。垃圾箱里也没有快要溢出的便利店饭团玻璃纸。沙发前的桌子上放着一个篮子，里面放着毛衣针和毛线球。友子昨天晚上就特别在意电视柜，她朝那儿走去。装饰品不仅特别有品位，而且一看就知道，摆放的位置也是经过了一番精心的思考，友子一边打量着一边伸手取下了昨天晚上一直很在意的相框。照片里，牧男和伦子依偎在一起。而牧男的表情，则是和昨天同款的傻笑脸。

友子忍不住扑哧地笑出了声。她转身回到和室。友子昨晚睡觉的地方，头上便是书架，整齐地放着好多书。全是一些标题看上去还挺有难度的书。完全不读书的博美和牧男竟然是姐弟，真是难以置信。

友子的目光移向了窗边，篮子里装了许多毛线织成的细长的棒状物品。友子伸手从五颜六色的毛线编织物中，拿了一个，在手中掂量了一下，可她还是不知道这是什么玩意儿。外形看上去差不多就是一根棍儿，里面塞了棉花。有的像帽子一样，有绒球装饰。友子发现还有没塞棉花的、类似连指手套的东西，于是把手伸进去试了试。但是没有大拇指的部分，所以应该不是手套。伦子织的到底是什么东西呢？

吃过早饭之后，友子一路溜达着向公寓出发。从牧男住的小区到她们家的公寓，得走将近一个小时。友子路过一个公园，在公园的板凳上坐了下来。在她面前不远处，爸爸妈妈们带着各自的小孩嘻嘻闹闹地玩耍着。有几个快到上学年龄的小孩，还有几个小孩大概是他们的兄弟姐妹，也有刚学会蹒跚走路的小孩子。原来在工作日的午后，父母和孩子会像这样一起玩耍啊。友子心里这么想着，但也没有特别在意。友子从小在保育所长大，所以在友子的记忆里，公园是和保育所的老师以及同班的小伙伴一起来散步的地方。但她记得自己和博美也来过几次公园。但博美只是坐在公园的凳子上玩手机，也不跟其他的妈妈们愉快地聊个天什么的。

一边回忆着这些点点滴滴，友子一边拿出了便当。打开便当一看，"呜哇"，竟然有两只猫咪盯着她看，友子不由地大叫了一声。饭团是猫咪的脸的形状，伦子用海苔做了表情。饭团下面铺满了蔬菜，还有浇了番茄酱的汉堡肉和章鱼形状的维也纳肠。友子用筷子夹起了一根维也纳肠。"小章鱼"不仅有八只分明的脚，伦子还专门用芝麻做了眼睛。友子把维也纳肠高高举起，放在眼前端详了好一会儿。接着，她并没有把它吃掉，而是放回了便当盒。

　　友子回到公寓，她昨天去找牧男的时候没拿书包和乐器盒，她把这两样都带上了，接着走出了玄关。而这时，她看见小海站在楼梯上。小海每次都会在同一个位置等友子。虽然友子知道小海在等她，但是她什么都没有说，就这样从他旁边走了过去。

　　"友子，你没事吧？"

　　小海忽然跟她搭话，友子吃惊地发出了"欸"的一声，随后停下了脚步。

　　"我看你今天请假了。你感冒了吗？"

　　小海一脸很担心的样子。友子摇了摇头。

　　"打游戏吗？"

　　见友子不像是生病的样子，小海露出了安心的表情。

　　"小海你不去补习班吗？"

　　友子没有回答小海的问题，而是顺着楼梯往下走。

"我要去音大附属中学，练琴比较重要。"

小海背上果真背了一个小提琴箱子。所以，他这是去练琴的路上？

"好吧。"

音大附属中学……虽然友子也不是特别清楚，但她总觉得比起当地的中学，小海更适合那所学校。在那儿肯定不会遇到在黑板上写些无聊东西的男生，一定全都是和小海一样出身好、有教养的有钱人家的孩子，全部都是和友子没有交集的、遥远世界的人。友子隐隐约约有这样的感觉。

"游戏呢？不打了吗？"

友子走下楼梯的最后一个台阶，这时小海问道。

"今天不行。"

友子回答道，但她并没有停下脚步。

"明天呢？"

"明天也不行，后天也不行，以后都不行。我暂时都不会回这里了，所以你别等我了。"

友子忽然停下脚步，说完又迈开了步子。

"为什么？"

小海在后面追着她。

"为什么不行？"

"理由什么的，无所谓。"

友子加快了脚步。小海还是跟着她。终于……

"你妈妈没回家吗？"

小海大喊道。友子身体微微颤动了，她回过头。她不想点头承认，也没有办法摇头说不。所以，她只能瞪着小海。友子强而有力的视线，让小海在原地无法动弹。友子转过身，脚步匆匆地离开了。

"莫非我自己和大家不太一样？"
伦子第一次产生这种想法，是在小学三年级的时候。

彼らが本気で編むときは、

"我回来了。"

伦子回来了，她朝屋里喊了一声。没有人应声。书包被扔在了地板上，桌子上放着吃了一半的便当，却看不到友子的身影。

"小友？"

伦子在家里四处看了一看，接着听见了厕所里传来水流的声音。门打开了，面色苍白的友子捂着肚子，从里面走了出来。

"你怎么了？"

伦子问她，只见友子蹲在地上，一副疼痛难忍的样子。

"呜……"

"怎么了？"

"呜……啊……"

友子站了起来，摇摇晃晃地回到了厕所。伦子心里琢磨着，友子怎么会突然身体不舒服呢？伦子端起了桌上的便当，把脸凑近闻了闻，怎么一股发酸的味道？

"哎呀！"

伦子一下急了。

在厕所里，把自己关了好长一段时间之后，友子摇摇晃晃地走了出来，一头倒在了沙发上。伦子拿来了肠胃药和水，确认了小孩子要吃几粒之后，她把药粒倒在手掌上递给友子。

"来，把药吃了。"

伦子坐在沙发上，对友子说道。友子忍住疼痛，直起身体把药吃了之后，又躺下了。

"小友，你不用勉强自己吃掉的。"

伦子对背对着自己、缩成一团的友子说道。

"对不起啊，我是不是有点太烦人了？明明小友说了不需要便当的。"

伦子咬了咬嘴唇，埋下了头。

"不是的……"

友子很费力地说着。

"有眼睛的章鱼香肠，这么可爱的便当第一次有人给我做，所以我不想马上吃掉。太浪费了，心里想着过一会儿再慢慢吃掉，结果饭菜都坏掉了。可是，我还是很想吃……"

"真是可爱……"

这句话是那么自然地从伦子口中跑了出来。

"友子你怎么那么可爱呢？我都不知道该怎么办了。"

伦子没能忍住，一把抱住了友子。友子吓了一跳，身体变得僵硬，挣扎着从沙发上下来。接着就走向了厕所，把自己关了起来。

小友也许是身体不舒服，所以匆忙跑进了厕所吧……

伦子的胸口，像是忽然被细小的针扎了一下似的。

这种事，本来应该早就习惯了。从小学、初中开始，就有男生把伦子当成细菌一样避而远之，即便现在走在街上也会被人盯着看，在电车上人们也都避开她。

是的。至今为止的人生，一路走过来，像是被一根根粗针和橛子扎过一般。

可是……

伦子注视着厕所紧掩的门。

伦子讨厌体育课。

小学低年级的时候还挺喜欢的。那时候男生、女生一起上课，伦子跑得又快，还很会玩单杠。运动会的比赛也是男女混合。可是上了高年级之后，体育课变得越来越痛苦了。男生和女生穿的体操服也不同，老师也会让男生、女生分开坐。

上了中学以后，更是地狱，分成了男女授课。换衣服也分成了女生在更衣室，男生则在教室里。男生们在换衣服的时候总爱嬉笑打闹，扯下彼此的体操服的裤子。如果只是体操服的话都还好，过分的时候会连内裤一起扯下来，引发一阵骚乱。伦子不明白究竟有什么好开心的。

伦子十分郁闷，而这时她听见："你们发现没，那个谁穿体操服显得胸特别大！"变声期的男生们用外星人似的声音说着，还顺带列举着女同学们的名字，他们成天就只知道说这些。伦子很想塞住自己的耳朵，不想听他们满嘴的下流话。换衣服的时候，伦子总是一个人在角落里，低着头以最快速度换好衣服。

总之，伦子特别讨厌体育课。尤其是武道课和游泳课，伦子恨不得逃学。

"一，二！"

体育老师发出口令。

"呵！"

男生们回答道。这天的体育课，大家在体育馆上柔道。两个人一组，跟随老师的口令练习招式。按照高矮顺序分组，而伦子被分到和一个运动神经特别好、个头特别大的男同学搭档。首先双方面对面站好，用右手抓住对手的衣襟，左手抓住袖子。接着一边前后移动，一边用招数摔倒对方。

"绕大圈！"

体育老师一声令下，双方轮流伸出脚，将搭档摔倒在榻榻米上。随着咚的一声，学生们接连倒地，地面传来一阵震动。该伦子摔倒自己的搭档了，她勉强能让搭档后背着地，在地上滚过。但对方实在太有力气了，伦子特别不想和他练习，因为双方力量的悬殊，每次伦子被对方拽过去、摔倒在地，胸口都快露出来了。这让伦子很不自在。

"一，二！背负！"

老师一声口令，搭档便把伦子扔了出去。柔道服完全散开了，对方还压在了自己身上。

"啊啊啊，啊啊！"

伦子发自内心地感到害怕和羞耻，发出了一阵惨叫。变声期少年独有的沙哑声音，传遍了整个体育馆。一时间，体育馆内安静了下来，随即爆发出一阵哄堂大笑。伦子赶紧站起身，把散开的柔道服的衣襟整理好，把胸口藏起来。和脸蛋不相称的大手，不小心碰到了近来越发显眼的喉结，伦子的心情更加低落了。

尺码偏大的立领男生校服，即便现在伦子穿着也不合身。

比起这个更多的是，伦子没有办法从心理上接受。体育课上被大家笑话的那一天，伦子回到自己的房间，放下书包，看着另一只手里拿的柔道服。伦子猛地把白色带子绑成方块的柔道服，往地板上一扔。

什么破柔道服，我从来就不需要！为什么我只能和男生一起上体育课？明明关系要好的女生全部都在上创作舞蹈课！

为什么？为什么？为什么？

伦子愤怒地挥起柔道服，打在了天花板的吊灯上，吊灯剧烈地晃动起来。

如果这辈子都只能继续和男生一起上体育课，那我还不如去死。

伦子在房间的角落里，抱着膝盖，肩膀颤抖着哭泣。

第二天的休息时间，友子悄悄地去了图书馆，在确认了周围没有人之后，她拿了一本叫作《身体与性》的书。她环顾四周，寻找了一个隐蔽的地方，要是来了人可以马上躲起来。有了，窗边的书架，可以藏在窗帘后面。友子背对窗户站着，开始读这本书。

　　书里讲了很多话题，比如"思春期的身心变化""男生容易产生的身心问题""女生的身体构造"什么的。可就是没有提到友子最关心的话题。"所以，我关心的话题究竟是什么？"这么一想，友子发现自己也不知道。

　　"你在看什么书？"

　　突然有人在说话，友子慌忙地合上书，把手背在身后。原来是小海，友子松了口气。但正因为是小海，所以不能让他看到。友子的直觉告诉她。

"不要在学校跟我说话。"

为了掩盖自己的心虚，友子用比平常更加冷淡的口吻说道。接着，若无其事地，借着窗帘的掩护，把书放回了书架。

"没事，没人看见的。"

小海一边说着，一边看向窗外。小海的表情上渐渐浮现出笑容。友子很少在学校看见小海笑。小海发现了一只趴在窗边的瓢虫，他伸出食指。瓢虫听话地爬上了手指，小海一边观察着瓢虫，一边蹲坐在地板上。

"外面踢足球的男生里面，有个穿红色衬衣的人，你看见了吗？"

听小海这么一说，友子往窗外一看。操场上有几个六年级男生在踢足球。穿红色衬衣的男生，个子最高，足球踢得很好，一眼就能看见。友子也听说过那个人。

"六年级的大野。"

小海说出了那个男生的名字。

"只要一想到他，我这里就会有一种奇怪的感觉。"

小海用手摸着自己的胸。脸上的表情，就像牧男把伦子介绍给友子的时候那样。

"你好恶心。"

友子不知道该说什么好，随口而出地说了这句话。小海深深地叹了口气，注视着自己的手。瓢虫站在小海纤长白皙的手指上。

"我也搞不懂我自己……"

小海的低语透露出他的不安，友子凝视着他的侧脸，又把视线转向了操场。恰好这时大野进了球，操场上传来"哇"的欢呼声。

回到牧男家的友子，把书包往旁边一扔，马上开始玩起了Wii。伦子回来之前，友子一个人霸占了客厅。友子跪立着，一边左右摇晃身体，一边敏捷地操纵着遥控器，趁着操作的空隙，友子把桌上摆着的各种零食往嘴里塞。她把伦子的纪录接连打破，排行榜上第一名到第五名全都变成了友子的名字。友子扫荡完一个游戏，又开始了下一个游戏。

"怎么搞的？门都不锁。要是有人进来了怎么办？"

突然有不认识的人走进来了。友子吓得差点跳起来，她扔下遥控器，一屁股坐在了地板上。一个女人低头看着友子。她身后的男人也在看着友子。

"你就是小友？"

友子拼命地点头，由于受到过度的惊吓，连声音都发不出来。心脏快要从嘴巴里蹦出来了。

"一个人在家的时候，一定要好好锁上门，知道了吗？"

"真是的，多危险啊——"女人说着笑了起来。友子依然一头雾水，而这时 Wii 的画面中，传来了汽车的声音，接着游戏画面中的车烧了起来。

"哎呀，你死了。"

女人看着游戏画面，觉得很有意思。友子被吓得腿都软掉了，在地上一动不动。看见友子的这副模样，女人大声地笑了起来。

"我是伦子的母亲。"

这个人说她叫富美子。瘦瘦的，很漂亮。很年轻，看不出来是伦子的妈妈。

"这是我的丈夫，阿雄。"

富美子牵起了站在身后男人的手。

"你好。"

阿雄看上去比富美子年轻很多，很老实的样子。他打量着电视柜上整齐排放的杂志的书脊，时不时取出一本杂志看两眼封面，又放回书柜上。他一直重复着这样的动作。

"啊，对了，伦子的同事今天发烧了，她只好上夜班。牧男也会晚回家，所以伦子拜托我来照看你。我们去吃什么好呢？"

"伦子做饭可好吃了，但是我就完全不行了——"说着富美子咯咯地笑了起来。友子的心脏又开始发出剧烈的响声。

"我们去吃那家好吃的荞麦面吧。"富美子说道。她十分干脆地决定了。去荞麦面店的路上也几乎都是富美子一个人在讲话，时不时阿雄会附和几句，再就是友子被提问的时候会简短地做出回答。

到了店里，富美子三下两下就把他们两人的餐点好了。

接着富美子问："小友要吃什么？"友子有点不好意思，很客气地点了一份天妇罗荞麦面。

"小友，你今年几岁了？"

富美子倒了一杯日本酒，一边喝一边问道。富美子面前摆放的不是荞麦面，而是各式小菜。

"十一岁。"

友子一边吸着天妇罗荞麦面，一边回答道。虽然友子才刚上五年级，但四月出生的她春假期间就满十一岁了。不过，今年博美也没有给自己庆祝生日。本来心想至少会买个蛋糕回来吧，结果蛋糕也没有。友子陷入了回忆，而这时——

"胸部变大了没？"

富美子放下筷子，把身体凑到友子旁。

"呃……"

这突如其来的问题，让友子受到的惊吓不小，荞麦面一下子卡在了喉咙里。不是被吓得两腿发软，就是被食物塞住喉咙，只要和富美子待在一块儿，总是会被吓出这种漫画式的反应。或许应该说是自从来了牧男家之后，友子一直在惊吓中度过。和博美一起生活的时候，友子总是习惯性地尽可能地抑制自己的感情，而现在完全由不得自己了。

"还没开始发育啊。"

富美子看着友子说道。友子偷瞄了一眼阿雄。阿雄一副完全听不见两人说话的表情，专心地吃着天妇罗荞麦凉面里的炸虾。

"冒尖儿的地方不会开始有点疼了吗？"

这个人究竟在说什么，好想快点结束话题。友子暧昧地歪了歪头，表示自己也不清楚。

"那孩子的第一个乳房还是我做的呢。中学二年级的时候。"

那孩子的第一个乳房？

语出惊人的富美子，每次一张嘴就会让友子的大脑陷入混乱。友子好好想了想，富美子说的孩子，应该是伦子！

"你想象一下……内心是个女孩子，可是每次一低头，只能看见毫无发育迹象的平坦胸部。那个滋味啊……"

这要我怎么想象呢？胸部既没有开始隆起，更何况也不是男孩子，友子哪里想象得出来呢？

"我说小友，"富美子一口干了杯中酒，再次看着友子的脸，"我得事先跟你说一句……如果你做了什么伤害伦子的事情，我可饶不了你。就算你还是个孩子，我也不会饶了你。"

虽然很安静，但语调令人有些害怕。阿雄手里的筷子停下了，凝视着富美子的表情。友子整个人都僵住了。上一秒还欢声笑语的餐桌，现在陷入了沉寂。富美子用认真的表情，从正面注视着友子。从她的表情，友子可以感受到，她刚才所说的"饶不了你"不是在开玩笑。富美子的感情是如此强烈，友子完全不知道该怎么办。

"富美子简直就像个黑老大。"

阿雄慢条斯理地说道，充满紧张感的气氛终于一下子得到了缓和。

"会吗？"

富美子朝着阿雄那边歪了歪头，甜甜地笑了起来。

唉，真是一头雾水啊。从紧张中被解放出来的友子，闷着声吸着荞麦面。

上午，富美子把家里用吸尘器打扫了一遍。最近工作很忙，所以家里全是灰。接下来要打扫小伦的房间，富美子进屋打开窗户透透气，这时她"唉"地叹了一口气。明明是个小伙子的房间，屋子里却有股女孩子才会用的那种甜甜的古龙水的味道。

再往桌子上一看，摆放的是初高中女生看的月刊杂志，旁边放着镜子、梳子和发卡，篮子里装着可爱的发圈和首饰。看样子是在研究杂志上的发型。富美子拿起篮子，从里面拿出一件闪闪亮亮的串珠首饰端详了一会儿。

桌子上的手帐外壳也是粉色的。桌子上还摆放着从小就一直很心爱的小兔子玩偶。从以前开始，富美子就一直觉得小伦有很多像女孩子的地方，但看样子小伦到了青春期也依旧如此。

富美子继续打扫卫生。用吸尘器打扫床下的时候，传来嗞嗞的声音。好像不小心把什么东西吸进去了。难不成藏了什么不想被妈妈看见的杂志？这个年纪的男孩子，有一两本这样的杂志也不奇怪。

富美子把吸尘器关掉，看了看吸嘴的另一头，竟然是裹成一坨的柔道服和男生的学校泳衣。

这是怎么一回事……

手里拿着这两件衣服，富美子陷入了沉思。

几天后，富美子被叫到了学生指导室。富美子提前下了班，来到了放学后的初中校舍。夕阳照进了会谈室里，与富美子年纪相仿的班主任老师和一名年轻的体育老师在等着她。

"不知道您有没有注意到，他从春天开始就一直这样。"

班主任老师从沙发的另一侧探出身来。

"把柔道服弄丢了，泳衣也弄丢了，一直都翘课。"

旁边抱着胳膊、穿着运动服的体育老师接着说道。

"翘课……"

富美子重复着体育老师的话。

"啊，您别误会，只有体育课是这样。其他课，他都有认真地去上，虽然成绩一直都属于下游。"

班主任老师的笑容中带着几分困惑。

"您家儿子是不是因为体育和升学考试没关系，所以看不起体育课呢？"

体育老师来到富美子旁边，注视着她。

"我想他没有看不起体育课……"

富美子歪了歪头，回答道。

"就是……学校方面也不知道该如何处理……"

班主任老师依旧面带为难的笑容，而旁边的体育老师一屁股坐在了沙发上。富美子思考了片刻后，开口说道：

"我想那个孩子是不是也有他的苦衷……"

"管他什么苦衷不苦衷，体育课是必修科目！"

体育老师大声地说道。他不耐烦地居高临下地看着富美子。

啊?

富美子不服输地狠狠地瞪了回去。

管他什么苦衷不苦衷,这说的都是什么话?学生为什么会那么做,去思考背后的理由和苦衷,难道不是你们教师的工作吗?

虽然这些话几乎破口而出,但富美子忍下了这口气。富美子自始至终都和体育老师对视着。

"小伦。"

回家后富美子在过道里喊了一声。没听见伦子的回应,富美子缓慢地推开了隔扇。小伦穿着居家服,披着富美子织的毛茸茸的黄色针织衫,房间里的灯也没开,抱着膝盖坐在床上。蜷缩着肩膀,似乎很不安的样子。富美子轻轻地敲了敲他的肩,紧紧地贴着小伦坐在了他旁边。

"我刚才去见了你们那个穿了一身脏兮兮运动服的体育老师。"

富美子用戏谑的口吻说道。小伦一脸不安地看着富美子。

"怎么了？"

富美子等着小伦的回答。而小伦一脸快哭出来的样子，一动不动地在思考着什么，终于他缓慢地开口说道：

"妈妈，我……想要拥有胸部。"

听到这意想不到的回答，富美子沉默了片刻。

富美子本以为他们两个人关系一直都很亲密，无话不说。但看着眼前的自己的儿子，他不知道把这句话在心底苦涩地藏匿了多久……富美子不知道该如何回答才好。两个人都沉默着没有说话。十四年的点点滴滴在富美子脑海里逐一闪过。

是啊，这十四年来，这孩子一直在向富美子求助。从小时候开始就称呼自己为"人家"，最喜欢的颜色是粉红色，总是在女孩子堆里开心地笑着，而且比任何人都感性，比任何人都温柔。他用全身心在诉说"我是女孩子"，可为什么自己没有察觉呢？今天，此时此刻，我必须好好地回应他。富美子做好了思想准备，她缓慢地点了点头。

"是啊。谁叫小伦是个女孩子呢？"

富美子微笑着。小伦紧张的心情终于得到了释放，他大声地哭了出来。

"小伦不哭，因为小伦没有做错任何事。"

不是任何人的错。

不管是以前，还是今后，小伦就是小伦。

我会永远珍惜我眼前的小伦，从今以后一直保护她。不管其他人说什么，我永远站在小伦这边。

富美子在心里下定了决心，她有力的双手紧紧地抱住小伦颤抖的双肩。

小伦不想去学校的话，不去也没有关系。尽管富美子是这么想的，但第二天小伦还是同往常一样去上学了。富美子随后便匆匆地外出买东西去了。

"我回来了。"

傍晚，小伦回来了。

"小伦，你过来一下。"

富美子在客厅织着什么东西，她招手示意小伦到这边来。小伦脸上浮现着期待与不安的表情，走到了富美子身旁，坐在了她旁边。

"给。"

富美子把一个纸袋放在了被炉上。小伦往纸袋里瞥了一眼，立刻浮现出吃惊的表情。里面装的是富美子准备的胸罩。白色的基调，不浮夸的花纹，蕾丝的花边。手里拿着胸罩的小伦，脸上笑开了花。

"穿穿看。"

富美子说道，小伦有些羞涩，但赶快脱下了男生制服和衬衣，赤裸着上半身。拿起粉色蕾丝的胸罩，把两手穿了过去。富美子帮她扣上了搭扣。

"把这个放进去看看。"

富美子用肉色的毛线织了两个乳房，放进了罩杯里。贝雷帽的形状，前面还有粉色的乳头。里面塞了棉花，就好似发育前的少女的乳房。放进胸罩的罩杯里，从上面按了按，还有点空。

"棉花好像不太够。"

富美子取出一个，往里面又加了些棉花，试着调整了形状。

"妈妈没有办法给你真的乳房，先将就着用假乳房吧。"

富美子笑了起来。小伦从胸罩里取出了另外一个乳房，盯着看了一会儿。

"给。"

富美子把重新装入棉花的乳房，再次放进了胸罩里。小伦还在盯着假乳房看。

"妈妈。"

"嗯？"

"你教我织东西吧。"

小伦用半哭半笑的表情说道。

上完夜班的伦子回到家里，夜晚已经开始泛白，天快要明了。走进客厅一看，沙发上搭着牧男脱下来的衬衣，桌子上乱放着友子写了一半的作业、没吃完的零食和游戏机手柄。

真是服了他们。

简单地收拾了之后，伦子看了看和室里，牧男和友子睡得正香。两个人睡相都很差。摊开双手，从被子里露出一只腿。还真是血浓于水啊，连睡姿都会遗传，两个人的腿都快踢到一块儿去了。伦子扑哧地笑出了声，跨过他们两人为自己铺的被子，伦子凑到了友子身旁。

每次睡觉前友子都很宝贝的那块猫咪图案的擦手巾，现在被压在了身体下面。伦子重新给友子盖好了被子，凝视着她的睡脸。友子的脸还十分稚嫩，可她在生活中拼命地抑制着自己的感情，这样的友子让她怜爱不已。

有的人，没能在天真烂漫中度过童年。伦子便是其中一人，友子也是。对于这样的小孩，学校是十分难以生存的地方。每个孩子都有残酷的一面，包括那些内心如荆棘、释放着露骨恶意的小孩，也包括那些表面上并非如此的小孩。小孩子会敏感地找出那些不"普通"的人，毫不留情地把他们视为异己。友子的妈妈不回家，为了不散发出这样的讯息，为了不被周围的人察觉，友子在学校过着谨小慎微的生活。而这样的她，回到家里也没有真正的家人，没有属于她的地方。

而待在这里的时候，友子不再需要逞强，不再需要咬牙度日，表现出自己孩童的那一面就好了。可是，友子依然没有放松警惕。伦子真切地希望，她能让友子感受到属于小孩子的快乐。

因为富美子的存在，因为有家可回，所以伦子至今为止不论遇到多么痛苦的事情，都会向前看，都能开心地笑。

对友子而言，如果自己也能够成为那样的存在，就好了……

伦子凝视着友子那张毫无防备的孩子气的睡脸。

这天是牧男的休息日，牧男邀请友子一同去看望友子的外祖母小百合。小百合在的地方也就是伦子上班的老人之家。

　　"你好。"

　　前台小姐向牧男问好，牧男也向对方问好。

　　"你好。"

　　当前台小姐向友子打招呼的时候，友子笨拙地点了点头。两人往电梯走去，迎面走来了一位老人。

　　"你好，鄙人是鲛岛制药的齐藤。承蒙您关照。"

　　这位叫作齐藤的老人，毕恭毕敬地鞠了一躬。老人的举动让友子感到害怕，她抬起头看向牧男。牧男也一时间露出了困惑的表情，但又立刻露出了笑容。

　　"啊，你好你好，我叫小川。"

牧男也像齐藤那样鞠了一躬。而这时，佑香出现了。

"齐藤先生，厕所在这儿呢。"

佑香的声音和这个地方特别不搭调，一听就是现在年轻女孩子的那种说话语调。她抓住齐藤的胳膊。

"大哥好！"

转身离去的时候，她向牧男打了声招呼，牧男也微笑地点了点头。看来他们两人是互相认识的。

"这手要我说啊……"

佑香拉着嘴里念念叨叨的齐藤走开了。友子在原地看着两人远去的身影，看了好一会儿才回过神来，赶紧追上牧男。

出了电梯，走了一会儿，他们来到一个有几张桌子的地方。一个挂着的牌子上写着——沙龙。有几位老人聚集在一起，和员工一边唱着歌，一边玩游戏。那是友子在保育所的时候玩游戏的歌。有的老人天真烂漫地笑着，有的老人表情呆滞。墙壁上贴着日程表——周一是折纸，周二是填色绘本，等等。眼前的这一切，几乎每一件事都让友子感到惊奇。他们走着走着，来到了小百合的房间。

咚咚。牧男敲了几下之后，打开了门。

"欢迎你们来做客。"

正在用锉刀给小百合修指甲的伦子抬起头来。

"小川太太，牧男来了哟。"

小百合坐在床前，伦子握住她的手，缓缓地把小百合的手放在膝盖上。小百合的目光越过了牧男。她的眼神，是那么空洞。

"今天好像心情特别好，连早饭吃得都比平时多。"

伦子说道。

"每天都给你添麻烦了，谢谢你，伦子。"

牧男有礼貌地向伦子答谢。

"不用谢，你们慢慢聊。"

伦子走出了房间。牧男看了看友子，轻轻地点了点头，他跪在小百合跟前。

"妈妈，我和友子一起来看你了。你的外孙女，记得吗？"

牧男说完，把目光移向了友子。

“外婆好。”

友子往前走了一步，用生硬的语气说道。曾经在什么时候见到过小百合呢？很久以前，小百合还没有住进这里的时候，博美说有什么事情，一定要回一趟老家，便把友子带了回去。但不一会儿博美就和小百合发生了激烈的争吵，友子被博美一把拽走，冲出了家门。这件事友子一直都记得。

友子看着眼前的小百合，她身穿淡紫色的罩衫、同色系的手工针织开衫。想必是伦子特意为小百合挑选的。这样的搭配，一看就知道。头发也梳得一丝不苟。尽管被打扮得漂漂亮亮的，小百合却皱着眉头，用严肃的表情上下打量着友子。

“博美啊……你怎么那么邋遢呢？女孩子就应该收拾得干干净净的。”

小百合一边叫着博美的名字，一边伸出手来整理友子的衬衣衣领，一把抓住了她披在身上的连帽衫。没想到一位老人能使出这么大的力气。小百合试了好几次，非要把连帽衫给拉上，她狠狠地瞪着眼。友子动都不敢动一下。

“你认错人啦，这不是博美，这是博美的女儿，友子。”

牧男向小百合说明道，但她还是瞪着友子。

"妈，我给你带了芋羊羹。"

牧男轻轻地拍了拍小百合的膝盖。

"芋羊羹？"

小百合松开拽着友子的手，望向牧男。

"嗯。"

牧男站起身，从纸袋里拿出芋羊羹，接着便去泡茶了。

小百合目不转睛地盯着牧男给她准备的芋羊羹。友子已经完

全不在她的视野范围内了。然而，友子还是不敢动弹。

牧男不擅长和女性相处。从他懂事开始，小百合和博美动不动就互相怒骂，大吵大闹。有时候还会把周围的东西往地板上砸。

　　牧男平日里是一个安静的、喜欢读书的少年。对这样的牧男而言，女性之间展开的这种对骂，可谓恐怖至极。

　　小百合和朋友在一起的时候，总是笑眯眯的；博美和恋人通话的时候，声音可温柔了。然而，一旦在家里爆发争执，她们两人便立刻会露出恶鬼一般狰狞的面孔。女人脸上的那层皮和心里面藏的那张脸，是完全不同的。不管外表多么好看的女人，都不值得相信。对于女性的恐惧，就这样在牧男心里扎了根。

　　从牧男很小的时候开始，父亲就总是跑去外遇对象那里，几乎没在家里待过。牧男在家里，找不到可以依靠的存在。小百合虽然很爱牧男，但她并不是一个可以依靠的存在。小百合倾注母爱的方式，几乎可以称之为溺爱。这反倒让牧男感到了一丝危险的气息，甚至产生了恐惧。

"妈妈心里面最重要的人就是牧男了。"

和牧男两个人独处的时候，小百合时常把这句话挂在嘴边。小百合把眼睛眯成一条缝，无比怜爱地凝视着牧男。可当她看见博美的时候，眼神立马就变了。不管牧男说什么，小百合都总是笑着，可是小百合对博美说的每一个字，都会表现出过激的反应。小百合对女儿和儿子，有着截然不同的态度。

只要小百合和博美一开始吵架，牧男马上就会躲进自己的房间，读自己的书。书的世界，是他逃避现实世界的地方。

牧男初中一年级的时候，父亲去世了。走了走葬礼的过场，三人一起把父亲送走了。小百合、博美和牧男，一滴眼泪都没有流。

博美刚一上大学，就逃离一般地从家里搬走了。那时候还在上高中的牧男心想，终于要迎来平静的生活了。但事情并不如所愿。小百合把所有的爱都倾注在牧男身上，并试图掌控他。而那样的生活一直持续了十五年以上，直到小百合病倒。

大学三年级和参加工作的第二年，牧男谈了两次恋爱。第一次的对象是同班同学，第二次是他的同事。牧男和对方从朋友自然而然地发展成了恋人，可以说是非常普通的恋情。两人都是和小百合、博美截然相反的女性。他们过得很开心，很幸福，彼此间十分坦诚。

然而……

发现牧男有了恋人的小百合，对牧男的束缚变本加厉。约会时，也不停地打电话来。如果只是这样也还好，约会当天，牧男准备出门的时候，小百合会故意说自己身体不舒服。即便这样牧男还是打算出门的话，小百合就会说：

"我跟你说我身体不舒服，你装作听不见吗？你连妈都不要了？"

说着就开始号啕大哭。牧男在精神上被逼到了绝境。两段恋情都因小百合的过度干预，走到了尽头，恋人纷纷离他而去。牧男一直很想从小百合身边逃离，然而就这样年过三十了。有这样的母亲在，就别想谈恋爱，结婚就更是不可能了。牧男就这样放弃了。

而这时，小百合病倒了。虽然意识恢复了，双脚却不能走路，渐渐开始出现老年痴呆的症状。牧男找到了很久都没有联系过的博美，和她商量今后的事情。

"我什么意见都没有，你想怎么安排都行。"博美说。

于是牧男把房子卖了，让小百合住进了有特殊护理的老人之家，而自己则在一个老旧的小区开始了新的生活。他终于从母亲的束缚中解脱了出来。

尽管牧男也算是有恋爱经验的人，对女性也不是不感兴趣，但是看着小百合和博美的身影长大的牧男，不知道该怎么建立一个普通的家庭。

大概自己这辈子都不会结婚吧，和书住在一起也不赖，就一直在这个老小区住下去。牧男心里这么想着。

不管是以前，还是今后，小伦就是小伦。

彼らが本気で編むときは、

友子离开了小百合的房间，和牧男两个人坐在中庭的长椅上。眼前的池塘里，有几条漂亮的锦鲤游来游去。

"外婆是不是讨厌我妈妈？"

友子问牧男。

"嗯……我想不能说是讨厌。但是不知道为什么从很早以前，母亲就对姐姐特别严厉。父亲死了之后更是变本加厉。"牧男用他一如既往的沉稳语调说道，"母亲和孩子，说白了也不过是两个个体。我想一个人和另一个人在一起，总会有合不来的时候。但我想这和讨厌一个人是不一样的。相反，正是因为爱之深切，所以才会做出事与愿违的举动……"

一个人和另一个人。友子反反复复地在心里念叨牧男的话。

"妈妈说……她抛弃了外婆。"

听到友子这么说，牧男陷入了片刻沉思。

"某种意义上，也许是这样的。但是如果不这样做的话，可能友子就不会出生在这个世界上了。"

牧男看着友子，露出了微笑。牧男这话的意思，也就是说，妈妈是为了生下友子才抛弃外婆的。友子的心中萌生出一丝温暖的感情。

"母亲住进这里以后，我也松了一口气。姐姐离开家里之后，母亲每天都给我做便当，不管我回来得多晚都坚持要等我。说实话，实在太沉重了，我当时快要抑郁了。虽然我不该说这种话，但是我和母亲生活在一起的时候，我无时无刻不在想着如何才能离开这个家。"

两人过了好长时间都没说话，只是就那样注视着眼前的池塘。友子试图想象小百合、博美和牧男三个人一同生活的样子，但是友子实在想象不出来三个人同住一个屋檐下的画面。因为各种各样的原因，妈妈抛弃了外婆。

博美和友子几乎从不吵架，两个人也没有特别合不来。

因为爱之深切，所以会做出事与愿违的事情……好像也不是这种感觉。究竟为什么会变成这个样子呢？

"妈妈……也会抛弃我吗？"

虽然很害怕听到牧男的回答，但友子鼓起勇气说了出来。

"嗯……"

牧男慢吞吞地思考着。不管在什么样的情况下，牧男只会说出他真正的想法，所以他很慎重地选择用语。

"友子的妈妈……是一个没有办法把自己的事情排好优先顺序的人。有很多人都是这样。虽然说起来，有点令人难过。"

优先顺序——一个妈妈不愿意思考的东西。

"牧男的优先顺序中，第一位是什么？"

友子探出身子问道。

"那当然是伦子。这不是显而易见的答案吗？"

牧男害羞地说道。他嬉皮笑脸地做出一副想要蒙混过关的样子，用手肘戳了戳友子。一说起伦子，牧男总是这副表情。友子也被他逗笑了。今天来了这里之后，脸上的肌肉就好像一直没放松过，直到刚才。

"你是怎么和伦子开始交往的呢？"

这件事，友子老早就想问了。

"嗯？"

牧男露出一脸想装傻的表情，望着友子。

"这个嘛……要说起来的话，我是一见钟情。"

牧男用温柔的表情讲述着。

"一见钟情？"

"嗯。第一次见到伦子给母亲擦拭身体的时候，她是那么细致和用心……怎么说呢……伦子实在是太美了……我一下子流出了眼泪。"

这种感觉友子也懂，因为友子也感受到了。刚才进入小百合的房间里时，仿佛时间停止了，就好像踏入一个不属于日常生活的不可思议的空间。并不是因为房间里阳光充足，也并不是因为小百合的意识游荡在现实与非现实之间，那是因为伦子的存在创造出了这样一个空间。也许是因为伦子拥有一颗美丽的心灵。

"当然，我得知她本来是男人的时候，也非常困惑。但谁叫我不小心喜欢上她了呢？喜欢上了就没办法了。而当你喜欢上一个内心像伦子一样的人，你就不再会瞻前顾后了。这些都无所谓，是男是女什么的，都无关紧要了。"

　　虽然牧男用一种没什么大不了的口吻，笑着讲述了这一切，但他肯定也在心里想过很多事情。默默地听牧男讲述这一切，友子忽然产生了这样的想法。

　　人活着就会遇到各种各样的事情，但是牧男喜欢上了伦子之后，就不再考虑那么多了。每当牧男说起伦子，脸上的表情总是会变得特别地温柔。虽然还有些懵懂，但友子似乎明白了什么。

　　"久等了。"

　　伦子一阵小跑来到他们跟前，她还穿着工作服。不过今天伦子上的早班，所以现在可以下班了。伦子说，她可以和友子他们一起回家。

　　"抱歉，让你们久等了。"

　　"不会，不会。"

牧男望着伦子，脸上的表情又温柔起来。

"给。你们肚子饿坏了吧？"

伦子在旁边的长椅上坐下，递出手里提的塑料袋。"在便利店买的，先垫垫肚子吧。"

"还是你最好了。我开动了。"

牧男接过塑料袋，从里面拿出饭团。他递了一个给友子。

"那我就不客气了。"

牧男撕开饭团的玻璃纸。

"收拾的时候，花了点时间。"

伦子一边拧开自己的保温杯杯盖，一边说。

"辛苦了。"

牧男吃起了饭团。坐在两人中间的友子，凝视着手里的饭团，露出了困惑的表情。渐渐地感到难以呼吸，全身起了鸡皮疙瘩。但是……友子没有表现自己的动摇，缓慢地撕开了饭团的玻璃纸，咬了一口。

"呜呜……啰……。"

正要吞下去的一瞬间，友子蜷着身子，吐在地面上。

“友子！没事吧？”

“小友？”

牧男和伦子惊恐地呼喊道。两个人从身体两侧，扶着友子的肩膀。友子的眼前一片黑暗，接下来的事情全都不记得了。

"没事啦。这个孩子好打发得很，给她个饭团吃就行。对吧，友子你最喜欢饭团了是吧？"

　　博美和一个友子不认识的人说道。语气特别高涨。

　　"自己拿着，赶快吃。你怎么不吃？"

　　友子打开饭团的袋子看了一眼，而博美则和陌生男子出门去了。

　　博美的脚步声和背影渐渐远去。

　　不要走。

　　不要扔下我。

　　快回来。

　　友子想要大声呼喊，声音却堵在喉咙里出不来。

　　孤单一人被留在公寓的屋子里感受绝望的那段日子，回忆混杂在梦境中，让友子痛苦不已——

"呃，呃，呜————"

被子里的友子呻吟着。

"小友？"

"啊……啊！"

忽然醒来，睁眼一看，在客厅的沙发上织东西的伦子站了起来，走到友子身边。友子从被窝里爬起来，满身的汗都湿透了。友子还有些喘不过气，肩膀激烈地上下抖动着。

"怎么了？"

睡衣外面披着一件睡袍的伦子，绕到背后搂住了友子，用手揉着她的肩膀。

"没事了，没事了。现在已经没事了。"

伦子手心的温度传递了过来，友子把猫咪图案的擦手巾捂在脸上，试图让自己平静下来。她把身体靠在伦子身上，随着伦子轻轻拍打肩膀的节奏，缓慢地呼吸，终于心情恢复了平静。

"擦手巾都破成这样了。"

伦子笑了。

"皱了也没关系。"

友子却一脸认真地说道。不知道是不是做梦的时候捏擦手巾的手太用力了，现在手有点疼。

"友子还是个小宝宝呢！"

伦子说道。

友子害羞起来，鼻子里发出了"哼"的一声。

"小宝宝，真是乖！抱一个，吃口奶！"

伦子从背后抱住友子，让她把头放在自己的膝盖上，轻抚着友子的头发。友子的脑袋，刚好被伦子的胸埋住。一种莫名的安心感涌上友子的心头，于是她就这么依偎在伦子的怀里。

伦子会在夜里紧紧地拥抱自己，也不会留下几个饭团就消失不见，伦子会陪伴在自己的身边……

也许在伦子的面前，不用再装成一个大人了。不用再装成不会受伤、什么事都没有的样子了。

"可以让我……摸摸你的胸吗？"

友子鼓起勇气说了出来。

"可以呀。"

伦子微笑着。友子战战兢兢地向伦子的胸部伸出了手。

"我听说啊，比真的要稍微硬一些。"

伦子温柔地说道。友子一边移动着手掌，一边感受着伦子胸部的触感。

"怎么样？"

被这么一问，友子也不知道该如何回答是好。因为自己从来没有摸过女人的胸。友子歪着头。博美有没有让自己触摸过她的胸呢？友子不记得了。就算有过这样的事，那肯定是婴儿时期的事情了。

"嗯，好像的确要硬一些。不过，摸起来很舒服。"

认真思考了半天，结果冒出这么个回答。友子顿时觉得自己很好笑，忍不住扑哧笑出了声。伦子露出了微笑，轻轻地拍了一下友子的肩膀。台灯微亮的光芒，从客厅的那一头穿过来，洒在了两个人的身上。两个人悄悄地偷笑起来。

虽然还有几分凉意，渐渐地樱花的花蕾开始绽放了。自从那一天伦子让友子摸了自己的胸部，两个人之间那面看不见的墙消失了。

现在每天上学前，友子都会让伦子给她编头发。

"为什么不肯让我给你编个更可爱的发型呢？"

伦子几乎每天都会这么说。

"我以前可是研究过好多杂志，会编好多种头发呢。以前啊，我每天都给长头发的闺密编辫子呢。"

友子一猜就知道伦子会这么说。

但是，突然把头发弄得太可爱的话，在学校一定会被说三道四，想想就麻烦。伦子听了后表示非常理解："这倒也是。"总之最后两人决定，在脑袋后面绑一个普通的马尾，但和至今为止友子自己随手扎的马尾不同，伦子会用梳子，把刘海漂亮地分开，扎在比较高的位置。"那我就把绑发圈的地方，稍微给你弄得不一样一些哟。"伦子说。她用头发巧妙地把橡皮筋藏了起来。

"友子，你玩了游戏机又没收拾。"

梳头发的时候，伦子忽然想起来这件事。

"哎呀……"

"不要哎呀哎呀的，我不是每次都跟你说了吗？要好好收拾干净。"

"知道了，知道了。"

"不要就知道嘴巴上敷衍我。"

"真是啰唆……"

友子故意用叛逆的语气说道，伦子把友子的头发一扯。

"好痛——！这是虐待！"

友子回过头，却看见伦子在笑。

"我出门了——"

刷牙，系领带，匆匆忙忙地做好出门前的准备，牧男先一步出门了。

"路上小心——"

友子和伦子异口同声地送走牧男。

回家后马上开始打游戏，这已经变成了友子每天的日常。友子忘我地打着游戏，这时早班结束的伦子回来了。

"你回来啦！"

友子的视线依旧没有离开电视机屏幕，而视线的一角，伦子正在捡起友子脱下后乱扔在一边的袜子。

"脱下来的衣服要扔进洗衣篮里面，我都跟你说了几次了！"

伦子突然用雄厚的声音说道。

"哇，可怕，变回男人了！"

友子坏心眼地说道。

"要你管！赶紧给我收拾！"

伦子把声音放得更低了，狠狠地威胁道。

"呀——！"

友子刚想扔下遥控器逃跑，就被坏笑的伦子用袜子在脑袋上敲了个正着。

四月已经过去了一半，樱花星星点点地开了。

"三人一起去看樱花吧，一定得去哟！"

伦子向两人宣布之后，就开始密切关注新闻的天气预报，寻找适合赏花的晴天。

赏花的两天前，友子和伦子一起在厨房里做酱油腌蚬贝。说是一起做，但实际上用来腌渍的酱汁伦子都做好了，友子只负责尝味道。

"怎么样？"

伦子问道。

"嗯，辣味十足。"

辣椒和蒜保持着一种绝妙的平衡。

"嗯嗯，好想喝啤酒——！"

人生密密缝

伦子尝了一口，大声地说道。

"好想喝啤酒——！"

友子重复了一遍伦子的话。

"话说我的刘海长长了，快帮我修一修。"

牧男和伦子一起从早班回来的那天，伦子对牧男说道。

伦子好像每次都让牧男给自己剪刘海。

"要不友子你也顺便让牧男给你剪一个呗？"

伦子从厨房里拿来两个大大的塑料袋。开了个脑袋大小的洞，往友子头上一套，再往自己头上也同样地套上塑料袋，走到了阳台上。

"牧男的手艺靠谱吗？"

友子望着坐在旁边的伦子。

"他的手艺还不错呀。"

伦子说罢，便闭上了眼睛，可是友子不太能相信牧男。而且自己这么长时间一直没去美发店了，好久都没有剪过头发了。

"放心地交给我吧。"

牧男慎重地用剪刀修剪着两人的刘海。接着，又后退几步，眯着眼睛看了看，仔细地检查着刘海是否整齐。

"嗯，不错。你们就像那个……"

"什么？"

伦子歪了歪脑袋。

"嗯，很像姐妹俩。不对，是母女俩？"

听了牧男的话，友子和伦子相视一笑。

终于到了赏花的那一天。晴空万里，是个适合赏花的好日子。友子让牧男骑车载着她，他们和伦子一起，三个人从家里出发。没过多久，来到了河堤边上，放眼望去一片片傲然绽放的樱花。

"哇——"

友子一边穿过樱花隧道，一边不由得发出了赞叹。樱花开得这么漂亮，可是除了友子他们，几乎没有别的人。

"真是惬意。"

友子从牧男的背后听见了他的声音。而这时，伦子超过了他们。

"啊！快，牧男！快超车，快超车！"

友子拉扯着牧男的衬衫。牧男拼命地踩着脚踏板，一口气超过了伦子。

"哦——！"

友子回头一看，伦子用站立姿势猛踩脚踏板，向他们紧逼而来。

"呜，哦哦，哦哦——！"

伦子发出了低沉的吼叫，再次反超了牧男和友子。而友子望着伦子的背影，大声地笑了起来。

"快，牧男！超车，超车！咱们走！超过她！"

在友子的煽动下，牧男加快了速度，超过了伦子的自行车。

"哦——！"

水蓝色的天空，粉红色的樱花，绿色的河堤。友子的声音穿过飞舞的花瓣，传到了很远的另一边。

穿过延绵的樱花树，两人来到了他们去年赏花的那个地方。"就数这一带的樱花树叶子长得最好了。"伦子说道。但友子不太明白。比起这个,她肚子饿坏了。三人铺开垫子,开始准备便当。伦子打开了便当盒。

"哇——"

友子看得两眼发光。上面一层是色彩丰富的饭团。下面一层是鸡蛋烧和炖肉,还有做成鲤鱼旗样子的维也纳肠。还有期待已久的……

"酱油腌蚬贝和萝卜干。请慢用。"

伦子微笑地看着友子。

"给。"

牧男往杯子里倒上啤酒,穿过坐在正中间的友子,把啤酒递给伦子。

"我开动了。"

三个人异口同声地说道。两人碰了碰杯,喝起了啤酒。友子已经等不及了,把菜夹进盘子里,大口地吃了起来。当然要先来尝一尝酱油腌蚬贝。

"怎么样?"

伦子问道。

"好吃。"

塞得满嘴都是、脸颊鼓鼓的友子回答道。

"你喜欢就好。"

伦子微微地歪头看着友子，露出了温柔的微笑。友子伸手拿了一串维也纳肠，高高地举在空中看了看。背景中的樱花花瓣在空中飘舞，穿在一起的三条可爱的鲤鱼，仿佛在随风摇曳一般。

在伦子上班的地方，庭院里的樱花也开得正好。不过从窗户里能看见的樱花，已经凋谢得差不多了。每逢这个时期，清扫庭院的员工每天都累得不行。虽然花瓣凋落让人有些落寞，但嫩叶的绿色更让人欢喜，心里不禁涌现出一种预感——接下来天气就要越来越暖和了。

虽然已经过了织东西的季节，但伦子和佑香在沙龙里和老人们一起织起了锅垫。

"接下来是反针，还是正针？"

坐在伦子旁边的佑香，向身边另一侧的老人问道。

"接下来是正针。"

"原来要用正针啊，谢谢您。"

佑香手里的毛线针又动了起来。刚开始学织东西的佑香，从来记不住针法，而且总是织得特别密。不过住在这里的老人们可喜欢教她了，开心得不得了。大家都像疼爱自己的孙女一样，眼睛眯成一条缝，看着佑香织东西的手艺一点一点地进步。

伦子忽然停下了双手，把针放在了桌上，目不转睛地盯着佑香的侧脸。

"有什么事吗？"

佑香感受到了伦子的视线，抬起了头。

"佑香，最近你特别漂亮呢！"

"欸，欸？真的吗？"

"总感觉啊，你最近的美艳藏都藏不住。从内向外，美得冒泡。"

"欸——"

听了伦子的话，佑香害羞地笑了。虽然还很年轻，但是佑香马上就要结婚了。有恋爱烦恼的时候，她也总是找伦子谈心。当得知佑香要结婚的时候，伦子发自内心地为她感到高兴。

"唉，可把我累坏了。谁叫我们两个穷光蛋要结婚呢？花钱已经很谨慎了，可还是没想到用钱的地方那么多。前阵子我对象跟我说，要想节约钱，蛋糕你自己烤不就完事了吗？我当场就火了，他那不是瞎扯吗？我们这样能不能撑到婚礼当天，我心里都是个巨大的问号。"

"没问题的。"

伦子对佑香说。佑香说话有点年轻人吊儿郎当的感觉，一开始很多这里的员工都觉得她很不靠谱。但她性格坦率，不说客套话，有一说一，住在这里的老人们都特别喜欢她。伦子也是这样的人，有什么想说的话一定会说清楚，有什么想问的事一定会直截了当地问。

"我该怎么办呢？我对象又是个傻子。"

陷入了苦思的佑香，还是一如既往的毒舌。但佑香的嘴角挂着一丝微笑，这些伦子都看在了眼里。

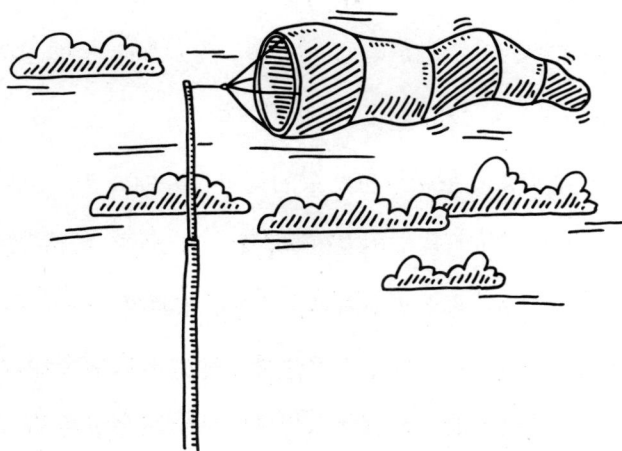

背景中的樱花花瓣在空中飘舞，
穿在一起的三条可爱的鲤鱼，仿佛在随风摇曳一般。

彼らが本気で編むときは、

某天，友子和早班结束的伦子在外面碰头，一起来到了
超市。伦子推着购物车走在通道上，友子跟在她的身后。

　　"友子，你今天还有别的想吃的东西吗？"

　　伦子问道。浅口女士皮鞋的鞋跟发出咔嗒咔嗒的声音。

　　"盐渍乌贼。"

　　友子立即回答道。

　　"你真是个小老头儿。"

　　伦子笑了，同时伸手拿了一瓶附近的调味料放进购物车。

　　友子家里除了黑胡椒盐巴这一类的，其他什么都没有。
而伦子会用好几种调味料来做饭。大部分都是友子没有听说
过的片假名名字的调味料。

　　"盐渍乌贼，还有……"

伦子一路找东西，走到了另一头。而友子被吸引到了陈列点心的货架上，她从架子上拿了不同的东西端详着。这家超市还算高级，所以摆放的全是便利店里没有的点心。

上完小提琴课的小海和来接他的母亲直美，在回家路上顺道去了超市。背着小提琴箱的直美走了几步，忽然停下了脚步。

"哎呀，那边那个小孩……"

小海往直美的视线方向看过去，原来是友子。她手里拿着一袋饼干，一动不动地盯着看。

"友子……？"

小海一下子露出了笑脸。前阵子惹得友子不开心之后，在学校就一直没和友子说过话，因为友子说不要在学校和她搭话。即便没惹她生气，友子也不会跟他说话。但是，这儿不是学校。而且这家超市也不在学校附近。小海刚想开开心心地跟友子打招呼，而这时候……

"友子！"

穿着深蓝色套装的女人从另一条过道出现，叫住了友子。

个子很高很漂亮的女人，但这个人是谁？欸？好像……不是女人？

"该走了，友子！"

那个人又再一次叫了友子的名字，接着走开了。友子拿着刚才一直盯着看的那包饼干，追了上去。小海刚想去追友子，却被直美拉住了胳膊。被直美用力拽住的小海，非常吃惊，抬头望向她。直美似乎看见了什么可怕的东西，瞪着眼，紧绷着脸。

友子把饼干扔进购物车。伦子看了一眼，也没有说什么。哦——！友子在心中振臂高呼。

"啊，忘记买洗洁精了。友子，去拿一瓶。"

"哦。"

友子一个人朝家庭用品的通道走去。用的是哪种来着？友子拿了几种在手里比较。在家里的时候，每当堆积了很多东西要洗的时候，总是友子去洗，因为博美完全不管。但是自从来了牧男家，友子就没有做过家务了。牧男家总是吃完饭马上就洗碗。清洗晚饭的餐具是牧男的任务。洗好的衣服总是晒在阳台上，所以有一股阳光的味道。

"小友。"

突然背后有人叫自己的名字。友子吃了一惊，回过头，看见小海和小海的母亲直美。

呃。友子差点发出了嫌弃的声音。

友子不喜欢跟直美打交道。低年级的时候，友子去小海家里玩，直美把友子家里的情况盘根问底地打听了一遍。表面上对友子很温柔，但友子可以感觉到她对自己的不待见。

原本直美的脸看上去就非常强势，而现在她还挑着眉毛，高高地俯视着友子。

"你好。"

友子紧紧地握住了洗洁精的瓶子，低着头，眼睛不敢往上看。

"听说你妈妈不回家了？"

直美突然问道。友子趁直美不注意瞪了小海一眼。

"你有好好吃饭吗？"

直美凑到友子身边。友子微微点了点头。

"你没事吧？"

直美弯着腰，盯着友子的脸。

"欸？"

友子完全不知道直美在说什么，抬起头看着她。

"你跟奇奇怪怪的人待在一起，所以我在担心你。"

直美皱着眉，看着友子。突然她蹲了下来，抓住友子的胳膊两边。

"你听我说。如果遇到了困难，就来我们家。小海和我，都是站在小友你这一边的，你不是一个人。"

说的话、做的动作，一看就是在演戏。眼前的这个人嘴里说的这些话，不过是在自我陶醉。友子心里想着，什么站在我这一边，什么你不是一个人，就连去你家玩的时候也没见你欢迎过我。

"可能是我多管闲事了，但是你最好不要跟那种人在一起……你说是吧？"

那种……人。

听到这句话的一瞬间，友子奋力地挥开了直美的手。友子的气势过于逼人，以致直美摔倒在了地上。

"欸？"

直美一脸呆滞，友子拿起手里的洗洁精就往她身上倒。

"呀啊啊——！"

直美在地上翻滚，用手遮住脸，友子把洗洁精淋满了她的全身。小海惊呆了，哑口无言地站在原地。

"啊啊啊——！"

客人们听到直美的惨叫，纷纷围观起来。即便如此，友子的心情还是难以平复。

保安跑了过来，把友子他们带到了超市银色大门的另一边。

"一是小鸡在笼中睡觉觉……"

透过墙上的玻璃可以看到办公室的里面，友子坐在办公室外面的扶手上，晃悠着两只脚，小声地哼着歌。

你在这里等一会儿。保安告知友子，所以她在这儿待着。怒火中烧的直美，以及伦子，还有其实很想跟友子待在一块儿的小海，都在办公室里面。直美大吵大闹，又是要求赔偿，又是要提起诉讼，除了超市的保安，连警察也赶过来了。

"二是船夫在船上睡觉觉……三是美代拿着玩具睡觉觉……"

穿过玻璃可以看见里面，但友子根本不想看。友子背对着房间，继续唱着歌。也不知道过了多久，反反复复唱了好多遍，突然传来了开门的声音，友子的歌声停了。最先出来的是伦子，后面跟着直美和小海，还有警察们都出来了。

"受害者说没有要立案的打算，所以就请把该付的衣服的清洗费付了。好吗？"

警察对伦子说。

"真是非常抱歉。"

直美趾高气扬地站着，伦子向她鞠了一躬。友子没有抬头看，但是不看也知道，直美的全身都燃烧着愤怒，还有旁边坐立不安的小海。小海一直很想跟她搭话，友子也是知道的。

"友子，快。"

伦子把手放在友子的肩膀上，让她站起来。但是友子坐

人生密密缝

在扶手上，没有站起来。因为错的人，不是友子。

"真是非常抱歉。"

伦子再次深深地鞠躬。直美一言不发地盯着伦子，接着楼住小海的肩膀，快步离去了。小海回头往友子那里看。但直美抓住他的脖子，把他带走了。

"你们可以走了。"

警察回到办公室里。伦子再次鞠躬，看见直美他们彻底离去之后，她面向友子说：

"我们回家吧。"

听见伦子的话，友子轻轻地点了点头，低着头站了起来。然后紧紧地握住了伦子的手。伦子低头看着她的手，过了一会儿，她微微地笑了。两个人牵着手离去了。

两人就这样一路手牵手，没有说一句话，慢悠悠地走回了家。一进门伦子像往常一样，先把阳台的窗户打开，给房间换气。她叹了一口气，坐在了沙发上。友子放下双肩包，走到伦子面前。

"对不起……"

伦子什么都没有说，砰砰地，拍了拍旁边的座位。友子在她身旁坐下。

"你为什么向我道歉，却不肯向那个阿姨道歉呢？"

伦子问道，但友子不说话。

"被那个阿姨说了什么吗？"

伦子问道，可是友子只是埋着头。友子被带去超市的办公室之后，就一直没有抬起过头。

"是不是她说了我什么？"

伦子靠在沙发上，面带微笑地看着友子。但友子没有抬起头。

"听我说，友子……"

伦子安静地说道。接着她立直身体，用认真的语气说道：

"不管发生了什么事，不管被别人说了什么，都不可以做那样的事情。把怒气往肚子里吞，忍耐了再忍耐，等到愤怒消退。"

"可是一直不消退呢？"

友子问道。友子对直美的愤怒，光是洒她一身洗洁精是远远不会消退的，不仅没有消减，还比刚才更强烈了。愤怒的火焰，在友子的胸口越烧越旺。

看着这样的友子，伦子深深地叹了一口气。接着她伸手，从桌子上的篮子里拿出毛线针。还有一件她没织完的作品，有着祖母绿和黄色的花边，十分可爱。伦子用娴熟的手法，灵巧地动着毛线针。终于友子抬起了头，她盯着伦子的指尖。

"我呢……每次遇到了后悔得要死、难过得要死的事情，全部都靠这个来清零，而不是往谁身上淋洗洁精哟。"

伦子和友子对视，坏心眼地一笑，友子又低下了目光。伦子手里的毛线针一直没有停下。

"'开什么玩笑啊，混蛋！可恶！'我一边在心里默念，一边一针一线地织啊织。就这样不知不觉地，忽然就发现自己心里变得风平浪静了。"

"牧男的毛线护腰是伦子你做的吗？"

友子问道。即便天气变暖和了，牧男依然每晚都穿着他那条五颜六色的毛线护腰睡觉。

"是呀。对了，我也给你做个什么好了。围巾、毛衣、手套，什么都可以。你想要什么？"

"这么暖和的天，穿上我会热死的。"

现在穿着长袖都已经嫌热了。她恨不得回一趟家，拿件T恤去上学。

"这倒也是。"

伦子笑了。

"说起来，妈妈从来没有给我买过围巾、手套和毛衣，毛线做的东西从来没给我买过。"

友子一面回想着衣柜里的东西，一面小声地说道。

"为什么呢？"

"我也不知道。"

"嗯……"

伦子的视线又落到了手边。

"这是什么东西？一模一样的，有好多个。"

友子从篮子里拿出一个棒状的细长物体，她问道。友子像刚来到这个家时那样，把它往手上套了套，但是没有大拇指，所以这并不是手套。

"这个啊……是我的烦恼。"

伦子说道，她没有停下手里的针线。

"烦恼？"

听到友子这么问她，伦子点了点头。

"做下面的手术的那会儿，其实挺难熬的。又疼，又痒。为什么我一定要忍受这样的痛苦呢……我忍不住地想。错的人不是我，是神明大人创造我的时候，犯了糊涂。"

伦子看了看友子的表情，笑了笑，又接着说道：

"这是我献给男根的供养。"

"男根？"

友子思索了片刻。"烦恼"是什么，友子不太懂。但是她好像大概知道"男根"是个什么东西。

"那这么说，这个是伦子你的……"

友子话还没说完，伦子抬起了头。两个人的视线一瞬间对上了。

"小鸡鸡。"

伦子用调皮的口吻说道，友子一下就笑喷了。

"你好变态。"

友子说着赶紧把手里的毛线做的"烦恼"塞回给伦子。

"你这样很失礼，好不好？"

伦子用"烦恼"轻轻地打了友子一下。两个人一起开怀大笑了起来。

"做好一百零八个，我就把这些都烧了。"

"一百零八？"

友子再次思索了片刻。今天伦子说的话都好难懂。

"这是含税价？"

"笨蛋！一百零八是人的烦恼的个数。除夕夜里的除夜钟不是会敲一百零八下吗？佛珠的珠子也是一百零八颗。等我的供养结束了，我就打算把户籍改成女性。"

友子没能听太懂。伦子说，她通过织东西来平复自己后悔、悲伤的心情。她要把"男根"织成和"烦恼"一样多，再烧掉。

这样就能让伦子的心情全部平静下来吗？

如果是真的的话……

"我也想制作'烦恼'……"

这句话很自然地就从友子的口中说出来了。一起做毛线手工，就能够帮到伦子的话，而且我自己也会变得更坚强的话，那我也要一起做。

听见友子自告奋勇，伦子把眼睛瞪得好圆好圆，终于渐渐地转变成了微笑。接着，她紧紧地挨着友子，坐在她身旁。

"把食指和中指之间的线，像这样……然后像这样拿着。明白？"

"嗯。"

友子试着想做出和伦子老师同样的手势。伦子让友子拿着自己用的毛线针。

"像这样？"

"对，然后像这样用食指……然后再用中指。对对，然后再像这样。"

伦子环抱住友子的肩膀，两手绕到后面，开始教她。

"然后，这根针往这里……对，然后再穿过这里，对，然后再把这个……"

友子按照伦子所教的那样，动起了手里的毛线针。

那天晚上，伦子泡完澡，牧男和平时一样在厨房里洗碗。伦子从冰箱里拿出一瓶啤酒倒在杯子里，在厨房喝了起来。牧男洗完了碗，也从冰箱里拿出啤酒，对着瓶子喝了起来。

"我说，牧男。"

伦子突然开口了。

"嗯？"

"我啊，觉得友子太可爱了，可爱得我都不知道该怎么办了。"

听了伦子的话，牧男笑着点了点头。

"如果……我只是说如果的话，友子的妈妈就这样一直都不回来的话，我们能不能收养友子呢？"

"欸？"

不知道是不是惊讶过度，牧男陷入了沉默。

"我把户籍改成女性，再和牧男结婚，是不是就能成为友子的妈妈呢？"

伦子一口气把想说的都说完以后，牧男沉默了。

"抱歉，你还没想过结婚什么的吧？我还真是厚脸皮。"

伦子蜷缩着肩，咬了咬嘴唇。

"我喜欢你。"

被牧男告白的时候，伦子不知所措了。因为活到现在，从来没有被牧男这样的"普通"男性表白过。伦子也和几位男性交往过，但对方都是喜欢男性的男人。他们和伦子的交往，都不是正大光明的。交往过的人中，也有出于好奇心和伦子交往的男性。就连最认真地和她交往的男性，也没有把伦子介绍给他的亲朋好友。

所以被牧男表白的伦子，不敢相信他的心意是真的。就算他是真心的，知道伦子不是女性以后，肯定也会当场离她而去。伦子害怕喜欢上牧男后自己会受伤。

"你的心意让我很高兴。但是我其实原本是男的。"

"欸？"

牧男一瞬间露出了吃惊的表情，一句话都说不出。但是他并没有被吓退。每次来看望小百合的时候，都会向伦子表达自己的心意。

终于渐渐地，伦子也倾心于牧男了。越是了解牧男，就越能看出他是一个诚实而又心地善良的人。两人开始了交往。每当他们依靠着彼此走在街上的时候，周围的人总会投来好奇的目光。伦子慌张地离开牧男的身边，但牧男不管被别人说什么都毫不在意，表现得很自然。还有富美子以外的人如此珍惜自己，伦子第一次感受到了这样的爱。

终于两个人生活在一起了，这也是牧男主动提出来的。伦子想要就这样两个人一直都在一起，她以为牧男也是同样的想法，所以一不小心得意忘形了。把户籍改掉，和牧男结婚什么的，一个人做起了美梦。

伦子一动不动地低着头。

"才没有那回事。"

牧男缓缓地说道。

"我不是怀着那种半吊子的心情和伦子交往的。你的一切,我都接受。"牧男说每一句话的时候,都直视着伦子的眼睛,他继续说,"伦子你有这样的想法的话,友子的事情我们一起认真地考虑看看。"

"嗯。"

伦子微微地点了点头。她发自内心地感到喜悦,因为从今以后可以和牧男一直待在一起,而且说不定还能一直和友子生活在一起。

虽然很开心,但伦子依然没有抬起头。于是,牧男站起身凑到她身旁,紧紧地抱住了她,抚摸着伦子的头和肩。伦子把脸埋进了牧男的胸口。牧男静静地把脸凑了过来,温柔地给了伦子一个吻。

自从住进了牧男家，友子从牧男家出发，总是踩点到学校。从一楼爬上三楼，教室里传出的喧嚣声充斥着走廊，穿过走廊，走进教室。

　　"来咯！来咯！"

　　雄太大声嚷嚷着，随后便坐回了座位。友子环视着教室，发现教室里的气氛和平时不太一样。除了在座位上读书的小海，其他人都盯着友子。一看黑板，上面写着"小川友子·变态家族"。班里的人看着呆滞在原地的友子，发出一阵哄堂大笑。

　　嗖嗖的脚步声，友子走到小海的座位上，一把揪住他衣服的前襟。

　　"是你小子干的？"

友子问道，而小海摇了摇头。"不是的，不是我干的。"他的眼睛没有在撒谎。"那又是谁？"友子揪着小海的手依然没有松开，她环顾了一圈教室。昨天还和她关系要好的小彩、久留美、雪乃，居然一边用厌恶的眼神看着友子一边笑着。友子一把松开手，小海被推了出去。她转身便离开了教室。

友子沿着河边的路，从学校往公寓走。好久都没有走过这条路了。河岸边的樱花凋谢得差不多了，残落后只剩红色的花萼，看着竟然有几分凄凉。在桥上走到一半，友子停下了脚步，她抓住了栏杆，探出了身子紧紧地盯着水面。大量的花瓣被水流冲走，堆积在了一个地方。友子抬起头，因为她听见咔嗒咔嗒的脚步声，所以抬起了头。她的视线落在了台阶上，而此时慢慢爬上楼梯的人是……

"妈妈？"

博美回来了？友子跑了出去，三步并作两步走地爬上了博美刚才走过的楼梯。可是走出来一看，一个人也没有。但是刚才博美经过这里，说明她回来了。友子急急忙忙地赶往公寓。

"妈妈！"

友子用钥匙打开门，冲进屋子里。但进入视线的是散乱的屋子，和友子离开那天并无变化。找不出一丝博美回来过的痕迹。

一路跑过来的友子，上气不接下气，友子喘着粗气，站在原地一动不动。渐渐地鼻子开始疼痛，像呼吸过度的时候一样，没有办法正常地呼吸。

友子把书包摔在地上，走进和室。拉开衣柜的抽屉，拿出了一件博美的衬衣。她把脸埋在衣服里，能够闻到一点点博美的气味。就这样过了好一会儿，友子抬起头，从抽屉里不停地拿出了好多衣服。接着，她把衣服一件件地撕掉了。

"呜……"

不知道撕了多少件，终于有些难以抑制自己的情绪了……被子铺在房间里一直没有收起来过，上面全是博美的衣服。友子一头倒在衣服堆里，哭了起来。

"呜呜，呜……"

友子没有让自己哭得太大声，她压抑的哭声一点点消失
在这个昏暗的房间。

夜晚，牧男和伦子面对面地坐在餐桌上。两个人下班回
家后没有换衣服。牧男抬起头，焦虑地看着时钟。伦子埋着头，
像是在祈祷什么。而这时，忽然嘎嗒一声，玄关的门打开了。
两个人同时站了起来，往玄关走去。

"友子，你怎么现在才回来，你都跑到哪里去了？"

伦子问道。而友子一脸憔悴，无力地站着。

"我打电话到学校一问，结果说你从早上开始就不在学
校里，你到底干什么去了？"

牧男也追问道，但友子依旧什么都不说。

"你知道我们有多担心吗?!"

伦子没有多想，但语气中带了几分责备。

"友子，你到底跑哪儿去了?!"

伦子蹲下，抓住友子的胳膊摇晃了一下，伦子已经抑制

不住自己焦急的心情。友子抬起头，狠狠地瞪了瞪伦子。

"你又不是我的妈妈，你说这些话做什么！"

友子用低沉的声音说道，转身便快步走进了和室。

"友子！"

牧男责备地喊道，可是友子并没有回头。她关上了和室的隔扇，打开壁橱，把牧男和伦子的被子拿出来，扔在了榻榻米上。随后爬了进去，把自己关在了里面。

"友子……"

牧男无力地念着她的名字，而一旁的伦子依旧蹲着，一动不动。

友子抬起头，狠狠地瞪了瞪伦子。

"你又不是我的妈妈，你说这些话做什么！"

彼らが本気で編むときは、

"一是小鸡在笼中睡觉觉，二是船夫在船上睡觉觉……"

小百合在中庭里，把早餐的面包撕成小块，扔进池塘里喂鲤鱼。"请勿喂食鲤鱼"的告示，她完全没有看在眼里。伦子在她旁边专注地织着手里的东西，稍不留神，就会不小心想一些多余的事情。所以，她眼里只有一针一线，一针又一线。

"开什么玩笑，混蛋，可恶！"

只要在心里面念这个咒语，一针一线地织下去，心情就会在不知不觉间平复下来才对。

通常让伦子愤怒不已的是周围的人，或是制造她的身体时出了差错的神明大人。但是这次不一样。伦子想方设法地想要抑制住涌上心头的这股思绪，她拼命地织着。

"三是……"

歌唱到一半，手里的面包没了，小百合的歌声停下了。她看了看伦子。

"织得真好。"

"谢谢夸奖。"

"你有一双大手。"

小百合的话，让伦子心中一紧，她想把手藏起来。

"借我用用。"

听到小百合这么说，伦子递过了毛线针。平日里眼神呆滞的小百合像换了个人似的，很带劲地动起了毛线针。比每天都在织东西的伦子还要快。

"好厉害。您织得真好。"

伦子用低沉的音调说道。昨天因为友子的事情，备受打击的伦子，今天从早上开始就不怎么笑了。

"以前我经常织毛衣。"

往返于现实和梦境世界的小百合，一拿到毛线针的瞬间，似乎恢复了正常。

"我的丈夫一直搞外遇，最后干脆去了别的女人那里，再也不回来了。我心里很不甘、很难受，不知道该怎么办才好……"一针一线地织着，伦子静静地听着，小百合继续说道，"我心想我总得做点什么，总会有办法的，结果就织了一堆孩子们的毛衣啊，围巾之类的。但是不知道为什么，博美从来不肯穿，她说她不喜欢。那孩子很敏感，可能她察觉到了我的这种想法吧。"

小百合看着远处说道：

"而且说起来啊，不管你再怎么珍惜，当成宝贝一样地把他们养大，反正他们都不会留在你身边。儿女这种东西，真没意思。你不觉得吗？"

织到头的小百合，又接着织下一段。

"嗯……"

伦子只好含糊地回应一声。

"织好的东西，扔了也怪可惜。结果堆了好多，三年的时间把五个大纸箱都装满了。最后，好不容易丈夫回来了，就是在他死了之后。因为我没和他离婚，所以遗体被送到了我家。我把一直以来织的东西，全部塞在了丈夫的棺材里。

他啊，被我的怨念包围着……"

小百合呵呵地笑了起来。

"刚才说的这些，要保密哟。"

小百合说着，缩了缩肩，露出了女人特有的娇媚狡黠的表情。

眼前的小百合，时不时会飘荡在梦境的世界里。她是友子的妈妈和牧男的亲生母亲。也许她这辈子活得并不聪明。她无比珍惜地养大的孩子们，最后离开了她，她大概是一位寂寞的母亲。

即便如此，她也是成为母亲的人，而伦子是绝对无法成为母亲的。虽然伦子心里早已明白这件事，可是现在这个事实又再次摆在了她眼前。

小百合在长椅旁边，又动起了手里的毛线针。伦子把身体转向前方，凝视着池塘里的鲤鱼。

放学后，小海一个人来到教室的阳台上，俯视着校园。刚好这时六年级的学生从出入口走了出来。大野总是被他的男性朋友包围着，一群人嘻嘻闹闹地走出来。而在他们所有人之中，大野的笑容尤为耀眼。不管在多么拥挤的人群中，总是能一眼就找到他。小海喜欢这样安静地遥望着他的笑脸。今天在学校一整天都没有跟任何人说过话，每天都这样。不过没关系，这份内心的寂寞，只要看见大野的笑脸就能抛在脑后。

　　过了一会儿，大野出来了。大野回头看了一眼。接着……一个女生走出来了。两人之间很刻意地保持了一定距离，但两个人的周围流动着一种亲密的氛围。白色毛衣和轻飘飘的可爱短裙，那个女生用两只手抓住书包的背带，一蹦一跳地走着。从小海这边看不见她的脸，但是从全身的动作可以感受到她的喜悦。大野也露出了一种和踢足球时不同的笑容，穿过校园走远了。

心跳不已地等待着大野的小海，此时他的心脏也因为别的东西而发出了激烈的声响，仿佛心脏就在耳朵边跳动一般。小海的脑海里，回荡着友子在超市往直美身上洒洗洁精的那天，直美对友子说的话。

"不准再和小友玩了！"

在超市发生事故的当天，回家之后换好衣服的直美，把小海叫到了客厅里。

"在学校里也不能跟她讲话！"

"为什么？"

小海无力地问道。

"和她在一起的人，你不是也看见了吗？不是什么正常人。"

"正常指的是什么？"

"正常就是正常，也就是没有异常。"

直美干脆利落地回答道。

我喜欢大野。但是大野和女孩子一起回家了。大野喜欢女孩子。他那样叫作"正常"，像我这样的人叫作不"正常"。

小海当场就瘫坐在了地上。

友子在客厅玩着游戏机。

今天她翘课了。昨天飞奔着离开了学校，如今也不知道自己该用什么样的表情去面对学校里的那帮人，自己也没有上学的心情。她根本都不想从壁橱里面出来。伦子和牧男去上班了以后，她从壁橱里出来一看，早饭已经给她做好了。

味噌汤、烤鱼、鸡蛋烧、沙拉，还有一个倒扣的碗。但是今天没有留言的字条。因为肚子很饿，友子把东西全部都吃光了，餐具收到了水槽里。就在犹豫着要不要洗碗的一瞬间，她瞄见了餐具洗洁精，结果还是没有洗。冲了个澡以后换了衣服。那之后，便一直看看电视又打打游戏，百无聊赖地过了一天。

"哦！"

刷新了游戏纪录的友子，甚是满足。一边吃着零食，一边继续打着游戏，这时候传来了嘎嗒一声，玄关的门开了。放下手柄，关掉电视，友子慌慌张张地藏进了壁橱。

"我回来了。"

是伦子的声音。接下来，过了好一会儿，什么声音都没有。伦子一定是看见四处乱扔的零食包装袋后在叹气。在一片漆黑的壁橱里，友子抱着双膝，在脑海里描绘着回到家中的伦子的模样。如果是平时的话，这时候已经听见了伦子教训她的声音了。但今天不同。

友子觉得自己不能一直这样。自己对伦子说了那么过分的话，必须向伦子道歉，但是友子不知道该如何是好。

"累死我了——"

过了一会儿，有声响了。就离她不远的地方，传来了伦子的声音。壁橱发出了嘎吱的一声。还听见伦子走进房间的声音，啤酒从喉咙咽下的声音……平时不会在意的那些声音，躲在壁橱里的友子全都听得一清二楚。

"啊——下一个诺贝尔奖就该颁发给发明啤酒的人。"

伦子说道，"里面不热吗？"

话音刚落，壁橱的隔扇被打开了，友子全身僵硬着。不过伦子把隔扇打开了几厘米。"给，这是慰问品。"放下一瓶弹珠汽水后，便又把隔扇关上了。平时家里的冰箱里没有弹珠汽水，应该是刚才买回来的。弹珠汽水的瓶子上倒扣着一个纸杯，杯子底部连了一根毛线，是纸杯电话。

伦子靠在折好的被子上，离壁橱有一段距离，她把纸杯拿在手里。

"你知道吗？比起普通的线，用毛线做的纸杯电话信号更好呢。"

伦子把纸杯扣在嘴上。

"友子，我们来说悄悄话吧。"

伦子对壁橱里的友子说道。看样子友子也拿起了纸杯，毛线一下子绷直了。

"我想想啊，那首先我来讲一个我从来不告诉别人的秘密……我以前的名字叫作，伦太郎。"

伦太郎。好久都没有说出过这三个字了。伦子不禁笑出了声。

"怪不好意思的。"

伦子笑的时候肩膀也抖动了起来，而这时似乎听见壁橱里的友子也笑出了声。伦子有些安心了，她抬起没有拿纸杯的那只手。

"名字和身体都改过来了，可就是这双大手改不过来。"

小百合也说这双手真大。伦子反反复复地看着自己的手心手背，又把手放下了。

"就像手的大小一样，有些事不论我多么努力，光靠我自己的力量都是做不到的……我没有办法给牧男生孩子。"

即使有了一对假的乳房，即使把男性器官摘除了，不管存多少钱，不管忍受多么痛苦的手术，都没有办法在肚子里孕育小宝宝。唯独这件事，怎么都做不到。虽然伦子心里一直都明白，以为自己早就放下了这件事，但还是抑制不住地悲伤。

伦子沉默了。友子什么也没有说。这也难怪，自己对十一岁的友子说的这都是些什么话。伦子微微地叹了口气。

纸杯上连着的毛线一直延伸到了壁橱里，手里依旧捏着纸杯，而时间就这么过去了。

"好了，轮到友子了。"

伦子用开朗的语气说道，接着她把纸杯扣在了耳朵上。不知道是不是因为友子把杯子从耳朵移到了嘴边，毛线晃动了。

"昨天，我看见妈妈了。"

友子说。

仅仅是这一句话，伦子的心中涌现出种种现实的光景。

说不定博美回来了。虽然看见了，但是恐怕没有能见到妈妈，所以友子很失落，一直到晚上都没有回家。因为友子备受打击，所以才说出"你又不是我的妈妈"这样的话吧。而现在友子面对伦子，依然是抗拒的。

伦子没有让自己继续想下去。她也不想听友子接下来的话。仅仅是隔着壁橱，待在这里也是一种痛苦。

"啊，我去买毛线回来。"

伦子慌张地站起身。

"把游戏机收拾好哟。"

说完这句话，伦子拿起刚才放在餐桌上的包，从玄关出去了。

友子听见伦子离去的声音，玄关的门重重地关上了。友子轻轻地打开了隔扇。看了看客厅，确认伦子不在家之后，爬出壁橱。友子靠着壁橱，喝起了弹珠汽水。她晃了晃汽水瓶，在午后阳光的折射下，玻璃弹珠在瓶子里闪闪发光。

伦子骑着自行车，穿梭在赏花那天三个人一起走过的河堤上。蓝色的天空，粉色的花瓣飘舞而下，三人笑着飞驰而过——那一天的那个时间，伦子想回到浓缩着幸福的那个时间。可是她回不去。

　　伦子不顾一切地踩着脚踏板。包里装着毛线针，但是现在没有那个心情。渐渐地太阳下山了，河堤被染成了橙色。她漫无目的地，笔直地朝前骑行。伦子多么想纵情地放声大喊，就像赏花的那天一样。

　　几个小学生模样的男孩子在河堤边，天真无邪地玩耍着。楼梯上坐着一对高中生情侣，还有正在跑步的男性，步履缓慢的老夫妇。平日里随处可见的黄昏时分的光景展现在眼前。而这时，从对面走过来一对母女，伦子放慢了自行车的速度。

挺着大肚子的母亲，丝毫没有在听小女孩在说什么，边走着边露出一副被烦死了的表情。快和她们擦肩而过的时候，小女孩被石头绊了一跤。

"啊——"

小女孩并没有撞在伦子身上，但不知怎么的，伦子的身体摇晃起来，握住自行车把手的手往河堤的斜坡倾斜。

哐当。

坐在自行车上的伦子连人带车摔在了河堤上。

"你没事吧？"

小女孩的母亲紧张地看了看河堤的方向，她问伦子。刚才一直在哭的小女孩，由于受到惊吓也停止了哭泣。

"我没事，没事的……"

伦子想站起身来，用手撑住地面。

手腕传来一阵疼痛，伦子皱紧了眉头。

伦子出门之后，友子又从壁橱里钻了出来，她走到客厅打算继续打游戏，但又忽然没有那个心情了。

在那个和博美一起生活的公寓里，友子总是一个人。那时候自己都是怎么度过的呢？友子打开了电视，电视里正在播放傍晚时间的新闻节目。话说起来那时候好像经常一边放新闻节目，一边写作业来着。这些都是不久前的事情，可是好像已是遥远的记忆。友子甚至觉得自己似乎一直都在这个家里。友子不知道自己是想回去还是不想回去，回到那个丢弃着被自己撕碎的博美的衣服的公寓里。

明明早上早饭吃得那么晚，肚子居然又饿了。以前待在家里的时候，只靠饭团就活下来了，真奇怪。因为伦子总是让友子一日三餐吃得好好的，所以现在一到饭点就会饿。友子随便找了点冰箱里的东西吃了起来，不知不觉晚间综艺节目开始了。而伦子还是没回来。因为自己一直闹别扭，所以难不成伦子也开始闹别扭了？友子在心里猜测着，而这时传来了玄关开门的声音。伦子回来了。友子慌慌张张地跑进壁橱里。

"我回来了——"

传来的却是牧男的声音。

"咦，怎么没人在家？"

牧男走到壁橱附近。

"友子你在里面吧。你也别闹了，赶紧出来。"

牧男对友子说道。可是友子一脸倔强地抱紧了膝盖。

"伦子今天明明是早班啊，怎么还没回……"

壁橱的外面牧男的话刚说到一半，这时手机响起了。

"啊，伦子？"

看样子是伦子打过来的。友子竖起耳朵仔细听着。

"什么？住院？"

听到牧男的话，友子打开隔扇连滚带爬地跑了出来。通话结束了，牧男手里捏着手机呆在原地。

"牧男，发生什么了？"

友子摇晃着牧男的身体，向他追问道。

"友子，我们走。"

回过神来的牧男，大步朝玄关走去。友子手忙脚乱地跟随其后。

"到底发生了什么事？是从医院打过来的吗？伦子没

事吧？”

望着牧男快步走去的背影，友子问道。

“嗯。她骑车摔倒了，被救护车抬走了。”

“救护车？”

“听说伤得不严重。现在在医院里。”

“伦子没事吧？”

“嗯，不过有一个问题……”

“什么？”

“我在出租车里跟你说。”

牧男没有多说别的话，但友子心里明白，伦子的心受伤了。

“那我们快走吧。”

友子一路跑到了大路上。

消毒液的气味，不知从何处传来的吱吱的机械的声音，昏暗走廊上来来往往的护士和患者……牧男从他们之间走过，友子一路小跑地跟随其后。

走到护士站，牧男说自己是伦子的家属。随后，负责伦子的护士过来了。

"这个伤势，必须得住院吗？"

牧男询问道。

"似乎撞击到了头部，所以得先进行检查。"

伦子倒下的时候，好像撞到了石头。

"您看看能不能想想办法呢？

"能不能把伦子从男性病房换到女性病房？"

牧男向护士请求着。因为摔倒的时候受伤了，所以伦子情绪有些不安，再加上住进了男性病房，伦子不知所措。来这里的途中在出租车里，牧男向友子解释了这些。

"这个确实……"

护士脸上露出了困扰的表情。

"拜托您了。"

牧男低下了头。

"住院只是以防万一做个检查。只住一晚上，就不能忍耐一下吗？"

护士一脸嫌弃地说道。

"这种事情没有办法忍耐，所以我才提出这样的请求。她是女性。您不也看到了吗？"

听了牧男的话，护士嗤之以鼻地笑道：

"保险证上写的可是男性。"

"这样的做法我不能接受。请立刻把她换到女性病房。"

牧男颤抖地控诉道。

"房间不空，好吧。"

护士冷漠地把手里的文件夹"啪"的一声合上。

"这，这……"

"一晚四十万的单人间倒是空着的，您要换到那边去吗？"

明知道这是强人所难，护士却故意挖苦着。友子拼命地忍住怒火，咬紧了嘴唇。

"呃……"

友子气得脑袋冒烟，但她也只能把怒气往肚子里吞，把自己的拳头都捏疼了。友子转身离去，快步穿过走廊，朝病房走去。

"你这叫侵犯人权！歧视，你明白吗？"

"请你不要发出那么大声音。"

友子大步向前，身后传来牧男和护士的争吵声。

友子猛地推开了病房的大门，仿佛把怒气都宣泄在了这道门上似的。这是一间六人间的病房。男性病房，所以里面全部都是男的。友子进来了也没人在意。这里的病号们都一副邋里邋遢的样子，看漫画的看漫画，玩手机的玩手机。而其中有一张床，周围的帘子是紧闭的。友子拉开帘子走了进去，双手从背后"啪"地拉上了帘子。而病床上坐着手腕裹着绷带、一脸不安的伦子。

"对不起……"

伦子垂下眼帘，看向了友子。友子看见伦子平安无事，终于松了一口气。但她既笑不出来，也说不出话。友子紧绷着嘴唇，朝伦子身边走去。

"呜呜……"

友子拼命地想要忍住快要溢出的眼泪，可是走到伦子身边的时候，就快要忍不住了。友子看见病床旁的桌子上放着伦子的包，里面装着毛线针。友子拿出针和毛线，坐在床脚边，织起了毛线。

"呜呜……"

哽咽的声音已经被伦子听见了，但友子还是拼命地忍耐着，手里也没停下。

"友子，没有什么好哭的。"

伦子凑到友子身边，温柔地把手放在友子肩上。

"我恨……我自己。"

泪水再也忍不住了，拼命地溢出。

"友子真是了不起，亏你能够忍耐下来呢。"

伦子微笑着，轻抚着友子的肩膀。

护士的态度、一股男人臭的房间、无事可做地坐着的伦子……自己却什么也改变不了。友子感受着伦子的温暖，不停地织，只是不停地织。

伦子的检查结果没有任何异样。出院之后过了几天，伦子去参加了佑香的婚礼。

那一天，碧空如洗。抬头仰望寺院里的树木，耀眼得让人睁不开眼。奏乐声中，身着白无垢的佑香和身穿纹付袴的新郎，缓缓走过。伦子和牧男、友子三人，站在稍远一些的地方注视着佑香。佑香看见了伦子，露出了一丝微笑，朝她看了一眼。伦子也微笑着回应她，轻轻地挥了挥手。伦子心中怀着一股暖意，靠着牧男，两人悄悄地牵着手。

婚礼结束后，三个人沿着河堤往回走。头顶上日暮的天空，浅蓝色中混杂着夕阳的橙色。

"稍微在这儿休息一会儿吧。"

牧男在楼梯上坐下，拿出刚才买的啤酒。他问伦子要不要也来一听，伦子摇了摇头，从包里拿出了毛线针。

"啊，我也要织。"

友子说罢，便和伦子并排坐在一起，拿起了毛线针。

"啊，啊，爽，果然诺贝尔奖应该颁发给发明啤酒的人。"

坐在两个人身后，喝着啤酒的牧男大声地说道。他的声音渐渐地被橙色越发浓郁的天空吸走。

"织得好快！"

友子看见伦子手速飞快地织毛线，不由得说道。伦子没有喝啤酒，紧皱着眉头，用令人震撼地速度织着。

"我呢，已经决定了，早点结束供奉，赶快成为女人。"

伦子说。伦子的心情，友子似懂非懂。虽然不太懂，但好像又多少明白一些。友子暗自点了点头，专心地织着手里的东西。

"让我也试试。"

喝完啤酒的牧男从刚才开始，就一直在一旁安安静静地

听着友子和伦子两人之间的对话。他走下楼梯，坐在了友子
旁边。

"你想试试？"

在友子的印象中，牧男可不是个心灵手巧的男孩子。友
子还没从这份意外中回过神来，牧男又说希望友子教教他。

"好吧。你先这样拿着……"

像伦子教自己的时候那样，友子拿着手里的毛线针，给
牧男做了示范。

"嗯？"

牧男笨拙地接过了毛线针。

"然后把这个从这里……像这样。"

"这样？"

三个人在洒满夕阳的河堤上，织啊，织啊。

晚饭决定去富美子和阿雄的家里吃。

"听说今天晚上是火锅派对。"

伦子对牧男和友子说。友子他们到了富美子的家，打开

大门的一瞬间，飘来了一阵香味。

"辛苦你们了。肚子一定饿了吧？晚饭马上就做好了哟。"

说话的人是富美子，但她只是在一旁坐着，站在厨房里给火锅调味的人是阿雄。

"让你们久等啦！"

阿雄双手端着锅，放在了桌子上。阿雄把盖子一揭开，一股热气扑面而来。

"哇——"

汤底的鲜味一下子漫开了，牧男不禁发出了赞叹。

"怎么又吃火锅？"

伦子看着坐在对面的富美子，皱了皱眉。

"今天当然得吃火锅。大家一起吃才香。"

"我也这么认为。"

牧男对富美子的话表示赞同，一旁的伦子给他倒上了啤酒。富美子一边往自己的杯子里倒酒，一边对牧男笑着说："还是牧男懂我。"

"友子你多吃点。"

富美子对坐在旁边的友子说道。

"嗯。"

友子点点头。一开始友子不知道该怎么和富美子相处，但是她现在发现富美子是个很好说话的人。和大伙儿一起吃火锅，对友子来说还是一种新鲜的体验，所以她有一丝丝紧张。

"那我们就开动吧！"

阿雄端来了一盘乌冬面，是待会儿要加进火锅里的。他一屁股坐在了"庆生会主角的位置"上，不过今天并不是他的庆生会。伦子和牧男向富美子报告了他们要结婚的喜讯，于是富美子说"那可得庆祝一番"，于是邀请了他们。

"来吧，大家一起干杯！"

在富美子的带领下，大人们举起了手里的啤酒杯。

"干杯！"

友子拿起装着乌龙茶的杯子，碰了碰杯。

"盘子给我。"

阿雄站起身，朝友子伸出手。友子把盘子递了过去，阿雄帮她盛了好多菜。虽然友子还没和寡言少语的阿雄说过话，但阿雄其实很温柔。

"我开动啦！"

牧男端起装炖菜的大盘子，往自己的盘子里分。这个炖菜也是阿雄亲自做的。

"今天的鸡可不是普通的鸡，乃是青森县的土鸡。"

阿雄有几分得意地向大家科普道。

"知道了，知道了。"

伦子敷衍地回答道。

"青森县的土鸡……听起来很好吃的样子。"

牧男夹着锅里的菜。

"谢谢你。那我就开动了。"

富美子让阿雄给自己夹了菜，对他笑了笑。

"牧男，你妈妈怎么样啊？"

富美子忽然抬起头。

"嗯，伦子把我母亲照顾得特别好，所以她现在状态也很稳定。"

"是吗？"

富美子点了点头。

"还别说，你还真是个运气特别好的女人。"

富美子看了看伦子。

"为什么？"

"可不是吗，我本来以为你不管怎么拼命，结婚什么的想都不要想。结果，你居然还找到一个像牧男一样通情达理的男人。光这点就够不容易了，居然他父亲也死得早，母亲还变成了……嗯……怎么说呢……你说是吧？"

富美子想要蒙混过关，哈哈大笑了起来。

"妈妈！"

伦子责备地说道。

"怎么了？我又没说错。要是牧男的父母都很健康，要想让他们接受你，那可不是一件容易的事。"

富美子说话的时候，伦子一言不发地埋着头。而牧男在一旁点了点头。

"我知道自己这么说，非常失礼……"

富美子笑着耸了耸肩。

"不过说实话，觉得真的是运气好。"

牧男看着摆出剪刀手造型的富美子，露出了他老实人的微笑。

"别说了，妈！"

伦子瞪了富美子一眼。

"怎么了吗？觉得自己的女儿最可爱，这也有错吗？"

友子看了一眼富美子，她一边豪爽地笑着一边喝着啤酒。

伦子至今为止经历过的痛苦经历，想必是友子无法想象的。当中一定有很多说不清谁对谁错的事情。但是她被富美子深爱着，疼爱着。生下来是男儿身的伦子，富美子却说她是自己的女儿，还一口认定伦子是最可爱的。也许正是因为这一点，伦子的内心，一个人最核心的部分，才从来没有动摇过。也正因如此，伦子才总是这么坚强、美丽。友子朦朦胧胧地这么想着。

阿雄往富美子的空酒杯里倒上了啤酒。

"谢谢你。"

每次阿雄帮自己做了什么事情，富美子一定会向他道谢。刚才富美子悄悄对友子说："看到你和伦子那么亲密我真的很开心，谢谢你。"虽然富美子有时候说的话、做的事都能把人吓一跳，但友子并不讨厌她。相反，友子应该挺喜欢她的。

"真好吃！"

牧男又感叹了一次，阿雄听后说："你喜欢就好。"两个男人静静地对视一笑。富美子对他们两人之间友爱的对话一点都提不起劲，她突然看向了友子。

"小友，你最近怎么样啊？差不多胸部开始变大了吧？"

又来了。友子心里默默地吐槽，她完全不知道该怎么回答。一旁的伦子被吓得一口咽下嘴里的食物，大声地喝止了富美子：

"妈妈！"

即使被伦子点名批评了，富美子也依然一脸开心地笑着。

几天后，在回家的路上，友子刚一拐过墓地楼梯旁边的拐角，就听见打游戏的声音。抬头一看，小海正坐着打游戏。小海看见友子，立马站了起来。

"要不要打游戏？"

友子向小海问道。友子在学校几乎不说话了，她今天好像还是第一次发出这么大的声音。

"嗯。"

小海的声音里混杂着惊讶和喜悦。友子跑上楼梯，和小海并排走去。

友子把小海带到了牧男家。

"啊，左边！左边！"

"不是，都跟你说了不是！"

"妖怪来了，有妖怪！"

"啊啊要死了，要死了！"

友子，小海，下了早班回到家的伦子，三个人沉浸在 Wii 里的对战游戏中，打得热火朝天。

"啊，结束了……"

输掉游戏的伦子发出了一声哀叹。小海赢了。

"啊！"

友子伸手穿过坐在正中间的伦子，拍了拍小海。三个人嘻嘻哈哈地笑着。

"再玩一把，好不好？"

友子说。

"我已经不行了。刚才一心想要打败你们，玩得太专注了，现在肚子都饿了。"

伦子瘫倒在沙发上。

"欸——"

"咱们去吃蛋糕吧。小海也一起！"

听到伦子的提议，友子大声地欢呼。

三个人走进了一间伦子推荐的咖啡店，点了蛋糕套餐，友子还是第一次到这么漂亮的咖啡店来。她犹豫了好久，最后点了瑞士卷蛋糕。

小海点的是布丁，他露出了和在学校里完全不同的兴奋的表情。他和伦子也打成了一片，还说要表演一个绝活，他让伦子把钱包里的零钱拿出来放在桌上。小海把一枚五百日元硬币竖着立起来，又在上面横着放了一枚一百日元硬币，又在上面竖着放了一枚一日元硬币。小海松开手之后，也保持着完美的平衡。

"哦哦！"

友子和伦子刚一拍手，零钱就倒塌了。小海发出遗憾的声音，又继续吃起了布丁。

"友子你是哪一年出生的？"

伦子看着桌上的零钱问道。

"二〇〇四年。"

"也就是平成……"

"十六年。"

友子回答道。

"小海也是吗？"

"嗯。"

小海点了点头。

"随身带着一枚自己出生年份的硬币的话，就会有好事发生哟。"

伦子一边说着，一边一枚硬币一枚硬币地翻看硬币的制造年份。

"真的吗？"

小海眼里露出了光芒。

"光凭这个就能遇到好事的话，那岂不是全世界的人都幸福得不得了。"

对着桌子另一侧的伦子，友子十分不可爱地说道。

"信不信都看你自己。哎呀，抱歉，平成十六年的，只有一枚呢。"

她用手指捏起一枚五十日元硬币放在了友子和小海面前，她的手指上涂了漂亮的粉色指甲油。友子敏捷地从伦子手上抢走了这枚五十日元硬币。

"友子你耍诈！你都不信这个，你还抢。"

小海噘着嘴说道。

"信不信是一回事，总之是我的了。"

友子把五十日元硬币放进了口袋里，伦子和小海在一旁笑着看着她。

这时，碰巧从咖啡店门前过的直美发现了玻璃另一边的小海。直美的眼神像是看见了什么恐怖至极的东西，一动不动地站着，而三人丝毫没有察觉到她的存在。

这天晚上友子泡完澡之后便开始织东西。友子定下了一个目标，她每天都要完成一个，但今天和小海玩了很久所以没织完。尽管友子很想努力地把这一部分都补上，但一个哈欠出卖了她。

"赶紧睡觉了。"

在友子旁边往织好的东西里塞着棉花的伦子对友子说道，但友子并没有停下手里的活儿。

在那之后的休息日，友子和牧男数了数用毛线织成的"烦恼"的个数。牧男从篮子里拿出色彩各异的"烦恼"递给友子，友子把它们一个个都堆起来。

"八十三、八十四、八十五、八十六。"

"还差二十二个。"

牧男低声说道。

"这个是谁织的啊？往左边翘得这么厉害，是牧男你吧？"

在一旁塞着棉花的伦子，手里拿着一个弯弯的"烦恼"。

"嗯，应该是我。有可能是我无意识地做了一个跟自己的相似的出来。"

牧男用平淡的语气说道。

"瞎说，你的才没有这么挺拔呢！"

伦子诧异地反驳道。

"像这种？"

友子从眼前堆积的小山里，拿出了一个白色的软趴趴的"烦恼"，在牧男面前晃了晃。

"也没有那么弱，好吗？"

牧男两手拿着眼前的"烦恼"，扔向了友子。

"别闹，不要弄得到处都是。"

伦子捡起滚走的"烦恼"，放回了堆积的小山里。

"那这个？"

友子从里面拿了一个条纹花色的特大号"烦恼"给牧男看了看。

"这个又太大了吧？"

牧男又把"烦恼"砸向了友子。

"哇……"

友子手里拿着几个"烦恼"，逃向了客厅。

"别闹！都散架了！"

说着，伦子把"烦恼"砸向了牧男。牧男拿起篮子扣在伦子的脑袋上。

"呀——"

友子从客厅里往尖叫的伦子身上扔着"烦恼"。伦子和牧男捡起和室的榻榻米上散落的"烦恼"，扔向友子。三人的笑声，五颜六色的"烦恼"，在屋子里交错地飞舞着。

春日温柔的阳光洒满了整个屋子，那光景仿佛慢动作影像一般，画面中充满了一种名为幸福的粒子……

"哈……哈……"

互相扔了一阵子后，牧男一边喘着粗气，一边睡倒在了榻榻米上。

"友子，你愿意就这么和我们一起生活吗？"

在散落的"烦恼"堆里摆着"大"字的牧男，一边仰望着天花板一边说道。

欸？这话的意思是……

从沙发上往和室的方向探出身子的友子，脸上的笑容一瞬间僵住了。得说点什么，虽然心里是这么想的，话却堵在喉咙里出不来。友子知道伦子很在意自己这边，可是依然说不出话。

"搬到更大的房子去，给友子也准备一个房间。"

牧男的话，被高高地抛向天花板，就这样飘浮在空中。

三人的笑声，五颜六色的"烦恼"，

在屋子里交错地飞舞着。

彼らが本気で編むときは、

“我回来了。”

从学校回到家里的小海，走进自己的房间，把书包放在桌上，拿出教科书。回家以后，马上把明天上课要用的东西准备好。小海乖乖地遵循着直美的要求。

把明天要用的教科书都装进书包里之后，小海忽然注意到了桌旁垃圾桶里面的东西。小海跪立着，把垃圾桶里的东西拿了出来——是一张被揉成一团的撕下来的便笺纸。

“致大野前辈”“突然写这种信”“我对总是在校园里踢足球的”“我喜欢前辈你”。

纠结了很久，用橡皮擦擦了又写的这段话，被撕成了碎片。小海手里捏着变成碎纸片的便笺纸，呆坐在原地。这股强烈的冲击让小海的牙齿像打架似的咯噔咯噔响，全身不停地发抖。过了好久，小海一直这样呆滞在原地。

　　"请绝对不要向鲤鱼喂食。"

　　池塘的看板上多了"绝对"两个字，还是手写在纸上的。

　　"齐藤先生，原来您在这儿啊。"

　　伦子走到中庭里，找到了齐藤之后向他问道。腰板伸得笔直的齐藤撕下早餐吃剩的面包，扔给了鲤鱼。旁边的这个看板对他丝毫没有发挥作用。

　　"该洗澡了哟？"

　　伦子把披肩搭在齐藤的肩上。

　　"嗯？哦。"

　　齐藤看着伦子，他的表情如同刚从梦里醒来一般。

　　"走吧。"

　　伦子握住齐藤的手，让他站了起来。

　　"嗯？"

　　齐藤把自己的手叠在伦子的手上，站在原地不动。伦子心想，该不会又要说自己有一双大手了吧。伦子观察着齐藤的表情。

"这双手啊，一看就是属于一个心灵美丽的人。"

听了齐藤的话，伦子不自觉地微笑了。

距离目标一百八十个还差一点点。得抓紧时间全部做完。友子在学校里也在织"烦恼"。反正周围也没有朋友跟自己讲话。

教室里的同班同学做着他们自己的事情，仿佛正在织东西的友子根本不存在似的。但这样也不错。

"又在弄她的什么东西。"

"真恶心。"

友子听见了细碎的声音，抬头一看，小彩他们正看着友子这边冷笑着。反正都不跟我讲话了，彻底无视我不就好了吗？真是一群麻烦的人。

不过，勉强地迎合同班同学的时候也挺麻烦的。学校这个地方，对友子而言全是麻烦事。动不动就要两人组队，游园会、远足什么的，也要分小组。

以前为了不让周围的人察觉自己的家庭情况，友子随时随地都很小心翼翼，但这一切也都是无果的。

　　友子的目光回到了毛线针上。

　　而这时，小海走进了教室。平时总是早早地来到教室读书的小海，竟然会踩点进教室真难得。友子心里想着，而小海径直走向了友子的座位。班里人的视线都聚集在了友子身上。

　　"对不起。"

　　小海忽然向友子道歉。

　　"欸？"

　　友子一团雾水。

　　"总之，就是对不起。真的很对不起，我对不起你。"

　　小海的表情似乎立马就要哭出来了。

那天傍晚，友子和牧男在和室里折叠洗好的衣服。

"我就负责毛巾好了。"

"那我就来负责牧男的土气内裤好了。"

友子从洗好的衣服里面找出了牧男经常穿的几何图案的内裤。

"一点都不土好吧？"

"土得掉渣了。"

"哪里土了？"

"哪里都土。"

两人你一句我一句，这时玄关的门铃响了。

"嗯？谁啊？难道是伦子？"

牧男站起来，朝玄关走去。光是听到"伦子"这两个字，就感觉肚子饿了。本以为会听见伦子的熟悉的声音说"我回来了",但好像外面的人不是伦子。是快递小哥来了吗?友子伸长了脖子朝玄关看了看。门口站着一个身穿深色西装的女性,后面还站着一名男性。

"晚上好。我是儿童咨询所的金井。"

"啊?"

金井二人没有理会呆站在原地的牧男,他们说了一声"打扰了",便走进了屋子。像是检查一般,环视着厨房、餐厅还有和室。几乎没有任何表情的金井和友子的目光对视上了,挤出了一点微笑。

"请问,友子小朋友是从什么时候开始在这里生活的呢?"

金井向牧男询问道。

"大概一个月前。"

牧男挡在友子的前面护着她,站在和室的门口。

"她母亲没有回家是吗?"

"是的。所以作为舅舅的我在照看她。"

话音刚落,伦子回到家了。两位同坐人员一齐回过了头,从上到下地把伦子打量了一番。三人的眼神对上了。

"欸？"

伦子不明白发生了什么事，呆站在了原地。

"晚上好。"

金井向伦子打招呼。

"晚上好。"

伦子小声地回了一句。

"我们接到举报，说友子小朋友现在生活在一个不理想的环境之中。"

金井转向了牧男。

"怎么会……"

牧男一时语塞。

"可以让我和友子小朋友两个人单独聊一会儿吗？"

金井朝和室里看了两眼，视线又回到了友子身上。友子用惊恐的目光注视着金井。

"有没有遇到什么不愉快的事情？"

金井让友子站在和室的书架前，从上到下地打量着友子的穿着。友子没有说话，摇了摇头。

　　"没有吗？那可以让我看看你的手臂吗？"

　　金井卷起了友子的套头衫衣袖。

　　"好的，谢谢你。另外一只手臂也请让我看一下。"

　　又看了看另一只手臂。

　　"有没有哪里痛？或者，有没有哪里受了伤？"

　　友子摇了摇头。早上小海在学校向自己道歉，就是为了这个吗……友子这时才终于明白。举报的人就是直美。

　　"你还好吗？"

　　金井向发呆的友子询问道。友子想，除了被你这么摸来摸去，我觉得其他都很好。友子克制住想要跑开的冲动，点了点头。

　　"谢谢你。好的，全部结束了。"

　　金井对友子说道，随后眼神示意了一下正在检查屋内情况的男性工作人员。牧男和伦子满脸担心地站在客厅里，友子朝两人走去。友子一头栽进伦子的怀里，紧紧地抱住她。

伦子一把抱住友子，让她坐在了沙发上。

友子在伦子的怀里，全身发抖。

她很害怕，害怕得不得了。害怕的同时，友子无比地愤怒，愤怒得全身发抖。

这一切金井都默默地看在眼里，她向牧男鞠了一躬，随后便离开了。

小海拉上了房间的窗帘，手里拿着小提琴，紧闭着双眼。慢慢地睁开眼，开始演奏勃拉姆斯的小提琴奏鸣曲。

　　这是献给他自己的曲子。

　　没有任何失误，完美地演奏完一曲的小海，走到客厅里，把药箱里的药瓶全部拿了出来。这是直美晚上睡不着的时候吃的药。小海在他喜欢的图鉴上铺开一张天蓝色的纸，把药一粒一粒地排列在上面。他把白色的药片排成了鱼的形状，最后用红色的药片做鱼的眼睛。

　　有一瞬间，这条鱼似乎动了一下，就像大海里游泳的鱼儿一般。真是可爱。小海微微地笑了。接着他把药一粒一粒地放进了嘴里。一粒、两粒、三粒……最后一把抓起，全部放进了嘴里。

那天晚上，伦子并排地铺了三床被子。伦子睡在像"川"字一样排列的被子中间。

　　友子醒了。她瞄了一眼手里的猫咪图案的擦手巾，思考了片刻，松开了手。友子翻了一个身，钻进了伦子的被窝里。伦子躺卧着，友子把手伸向了伦子的胸部，试着摸了一下。

　　伦子醒了，她为了不挪动友子放在自己胸上的手，压着身体把另一只手环绕在友子的脖子下面，把她紧紧抱在怀里。伦子就这样温柔地抚摸着友子的脑袋。

第二天，下起了倾盆大雨。友子一面环顾着四周，一面走进了医院。她又再次环视了周围，像忍者一样后背紧贴着走廊的墙壁，向前走着。走了一会儿，便躲进柱子的背后，又再次前进。她走到了住院病房的楼层，眼看就要到了，而这时病房的门开了，直美走了出来，友子迅速地躲到了墙后。直美没有发现友子，她走下了楼梯。友子朝楼梯窥探了两眼，确认了直美不会折回来之后，她溜进了直美刚才走出的那间病房。坐在病床上的小海，抬起了头。

　　"吓死我了。差点跟你妈撞个正着。"

　　小海的手臂上插着输液器。小海垂着脑袋，他那本来就很白皙的脸庞比平时还缺乏血色，十分苍白。不过看样子还算有精神，友子松了一口气。

"真不愧是有钱人。房间真不错。我看着一晚得花四十万吧。"

友子环视着四周，用听上去开朗得有些刻意的语气说道。她没有问小海，就从桌子上放的饼干盒子里拿了一块饼干。

"花不了那么多钱。"

小海很认真地回答道。

"我说啊，人快死的时候是什么感觉啊？人们不是经常说，像是被光吸走一样什么的吗？看见你去世的爷爷了吗？"

为了不让话题中断，友子想到什么就说什么。

"我不记得了……而且我爷爷还没死。"

"你怎么不好好记住呢？脑子真不好使。"

友子粗暴地撕开了手里的饼干的包装纸。坐在病房的椅子上吃了起来，小海深深地叹了一口气。

"我写了一封给大野的信。"

"情书？"

友子问道。

"嗯。"

小海点了点头。

"你给他了吗？"

小海埋着头，摇了摇脑袋。

"还没来得及给他，就被妈妈看见了。被妈妈撕掉了。"

"呃，哇——那还真是让人想死。"

友子故意用轻描淡写的语气说道。

"嗯，真的……为什么我没有死掉呢？"

小海笑着，但他的后背在发抖。

"我妈妈说，我是一个罪孽深重的人……"

听了小海的话，友子沉默了。但她马上站了起来，走到病床的旁边。她看着小海的眼睛，大声地说道：

"你的妈妈也有弄错的时候。"

听见友子的话，小海抬起了头。

"因为你绝对不是。绝对，绝——对！不是！"

友子憋足了气，用尽全力地说道。接着她从外套的口袋里拿出一样东西，塞进了小海的手里。这是友子给他的慰问品，也是友子的心意。

　　小海无力地松开了落在被子上的手。这是那天伦子找到
的那枚平成十六年的五十日元硬币。

在那之后，三个人一起度过的休息日，是一个大晴天。身穿短袖 T 恤的友子，在河堤的公交站长椅上织"烦恼"。她的身旁两侧，是伦子和牧男，他们二人也在埋头织着。

终于巴士来了，上车之后，三人并排坐在后排的座位上，继续织着。巴士从桥上开过，行驶在海边的路上，最后抵达终点。

"哇，是大海！"

友子兴奋地在沙滩上奔跑。在她的身后，撑着遮阳伞的伦子和牧男手牵手地走着。

在耀眼的阳光下，戴着墨镜的三人在堤坝上铺好垫子，坐了下来，接着又织了起来。

"伦子。"

友子一边织着，一边向伦子搭话。

"嗯？"

"被切掉的小鸡鸡，最后去了哪里呢？"

友子一字一句地问道。

"你问的问题还真是大胆呢！"

牧男说道。

"我都织了这么多个小鸡鸡了，我觉得有权利过问。"

"不回答也是可以的哟，伦子。"

"小鸡鸡没有被完全切下扔掉，拿来回收利用了。" 虽然牧男这么说，伦子一边往织好的"烦恼"里塞棉花，一边说道。

"回收利用？"

友子歪了歪脑袋。

"把里面的东西取出来，再把皮反过来，贴在做好的洞里。"

伦子把刚塞进去的棉花从"烦恼"里取出来，把里子翻了过来，向他们说明道。

"啊，我懂了。"

不知道是因为光是想象都感觉到了疼痛，还是怎的，牧男埋下了头。友子也同样地仰望着天空，试着想象了一下。

"虽然不是很明白，但是觉得特别厉害……"

友子往后一倒，迎面而来的耀眼的阳光，让友子把眼睛眯成条缝。

而事实上，当时的疼痛是他人无法想象的，伦子也觉得，就像友子所说的这是一件"特别厉害"的事情。直到现在，光是回想起那段日子，也会再次被疼痛席卷全身，痛苦不已。

伦子去了一所校风自由的高中，那里不用穿校服。毕业之后，伦子在富美子的陪同下，做了摘除睾丸的手术。二十岁的时候，伦子用自己攒的钱去做了胸部手术。整整一周待在床上不能动，翻来覆去，痛得眼泪直流。那时候，不辞辛劳地在病床前照顾伦子的也是富美子。

手术后，伦子的第二次人生终于开始了。伦子进行了与看护相关的学习，取得了资格证，成为一名护士。现在工作的这家看护中心，也十分理解伦子的不容易，给她发放了粉红色的制服。不仅心很细而且比女性还高大、有力气，伦子备受重视。同事和入住的老人们都很喜爱她，伦子很受欢迎。

后来，遇见了牧男。如果是一路走来的苦难之路把自己引向了牧男，那么这一切似乎就是自己的命运。不仅如此，友子还陪着自己一同进行了男性生殖器的供养。

我要好好记住今时今日眼前的这番光景，伦子暗自感慨。伦子取下了墨镜，阳光是如此耀眼，她只好把眼睛眯成条缝。

终于做完一百零八个了，而此时太阳也快下山了。

三人在沙滩上插了三根树枝，做成了一棵树一样的形状，把"烦恼"一个个地插在上面，堆得高高的。

"友子，拿个大的。"

牧男伸出手，友子挑了两个大个的递给他。

"多谢。"

"啊，被吹到那边去了。"

友子指着一个被风吹走的"烦恼"说到。趁还没被海浪卷走，牧男慌慌张张地跑去捡了回来。

"一百零二。"

"一百零三。"

"一百零四……"

三人轮流地往树枝上堆。

"一百零五。"

"一百零六。"

"一百零七……"

最后一个，当然是由伦子亲手放上去。

"一百零八。"

伦子把粉色、绿色和紫色条纹的"烦恼"，插在了最上面。

三人站了起来，俯视着他们织好的这些"烦恼"。没过多久，太阳下山了，周围变暗了。

伦子点燃了一根火柴，点燃了刚才自己亲手插在最上面的那个"烦恼"。火势向下蔓延，熊熊燃烧起了橙色的火焰。三人默默地凝视着火焰。

噼噼啪啪的火星在空中飞舞，伦子紧闭双眼，双手在胸前合上。

噼噼啪啪的火星在空中飞舞，
伦子紧闭双眼，双手在胸前合上。

彼らが本気で編むときは、

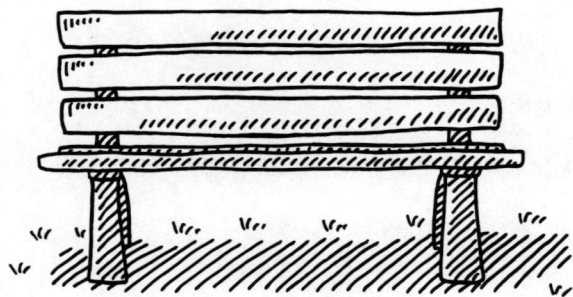

几天后。

"感谢您的惠顾，请下次再来。"

牧男和平时一样，在书店的收银台前站着。

"下一位客人。"

牧男对后面排着队的客人说道。嘭的一声，一本女性杂志被随手扔在了牧男眼前。牧男抬起头，站在自己眼前的竟然是博美。正准备扫描条形码的手，停在了半空中。

"我回来了。"

从学校回到家，在玄关脱下运动鞋，走进餐厅，抬头一看，博美正坐在桌子旁。一瞬间，友子竟然不知道自己身在何处了，也不知道究竟发生了什么事。友子停下了脚步。

"友子，好久不见。"

博美一边喝着茶，一边面带微笑地向友子打招呼。友子在餐桌面前，一言不发地站着。博美的对面坐着牧男，一脸凝重的表情。友子抬起头，问伦子在哪儿。此时伦子正坐在客厅的沙发上，十分担心地关注着餐厅里的一举一动。

"你还好吗？"

一切都很好，可是……

面对博美的问题，友子没有回答。

"哎呀，真是的，怎么了吗？都不说话。"

博美露出了爽朗的笑容，但她十分憔悴。

"你都跑哪里去了？"

友子想问的问题，牧男帮自己问了。

"嗯……东跑西跑的。现在身无分文了，又得辛辛苦苦地上班了。"

说罢博美站了起来，一副"别的事情无可奉告"的样子。

"回家吧。"

博美对呆站在原地的友子说道。

"多谢你们的照顾了。"

博美一把抓起挂在椅子上的外套披在了身上，对牧男和伦子低头致谢。天气已经挺热了，博美却穿着和季节不符的深色大衣。

"该走了。"

博美走到了玄关，喊了一声。但友子没有动。

"姐……"

牧男叫住了博美。

"嗯？"

博美往回走了几步。

"关于友子的事情……"

牧男话说到一半，博美露出了诧异的表情。

"我们想把她接过来。我和伦子，我们想一起好好地抚养她。"

"欸？"

博美皱起了眉头。

"我是认真的。我也好好地和伦子谈过了，伦子非常疼爱友子，也对她很好。"

博美逼近牧男，说：

"欸？你在开玩笑吧？"

博美觉得这一切很可笑。

"伦子说，她想成为一名真正的母亲。"

牧男没有改变自己的态度，坚定地说道。

听了这话，博美看了一眼伦子，嗤之以鼻地冷笑一声。

"想都不用想都知道这是不可能的！谁叫这个人是……"

博美就此打住了。但是她想说的话，在场的所有人都很清楚。家里陷入了死寂。

"牧男，关于你的性取向我什么都不会说。虽然我也很吃惊，但我尊重你。只是这也不代表……"

博美的声音一下子被盖过了：

"拜托你了！"

伦子站了起来，低下了头。

"我会珍惜友子的。拜托你了！"

"你在说些什么？我怎么可能把友子给你？友子可是我

的孩子！"

博美把友子藏在自己身后。

"姐，这已经不是第一次了。扔下友子不管，辞掉工作，跟男人跑到不知道什么地方去。你知道自己有多不负责任吗？"

牧男对博美指责道。

"你们不就是帮我照看了几天孩子吗？我是一个女人，成为母亲之前，你得是一个女人。我不否认，我一个人抚养小孩会有顾不过来的时候，我又有什么办法呢？怎么了？我就那么不可原谅吗？"

"不可原谅。"

伦子从客厅里对她说。

"女人也好，母亲也好，这一切的前提是你得保护孩子。作为一个人，作为一个大人。"

被伦子这么一说，博美朝伦子贴过去。牧男慌慌张张地站了起来。

"你懂个什么?! 你不是母亲，也不是女人！"

"伦子是一个女人！"

牧男咬着嘴唇，声音颤抖地说道。

"那我问你，她来月经的时候，你能好好教她吗？胸部开始变大的时候，最开始应该买哪种胸罩，你懂吗？你不懂！你是不可能成为母亲的。明白吗？你这一辈子都当不了母亲！"

博美嘶吼着。伦子没有反驳，只是沮丧地低着头。牧男也不知道该如何是好。看着埋着头的伦子，友子忍不下去了。友子愤怒地走近，瞪着博美。

博美露出一副"你瞪我干吗"的表情，看向了友子。很久没有这么近距离地观察过博美了，那一瞬间友子的心中有某种声音忽然戛然而止了。友子咬着牙，往博美的背后一阵胡乱的拍打。

"你干什么?！"

博美吃惊地转过身，友子的巴掌不停地落在她的胳膊和肚子上。

"好痛！……你干什么，住手！"

即便博美感到了疼痛，让友子住手，友子的手也没有停下。轮换着左右手的手臂，巴掌狠狠地落在博美身上。友子无法控制自己的感情。

"伦子会给我做饭，伦子给我做了卡通便当，伦子会给我编可爱的辫子，伦子会跟我一起睡觉！"

友子咬着牙，倾注全身的力量，巴掌啪啪地落在博美身上。

"不准你伤害伦子！不可原谅！给伦子道歉！"

就像往小海的母亲身上倒洗洁精的时候那样，友子的心情无法平复下来。

"快给我住手！"

博美一屁股坐在地板上，用力地抓住友子的胳膊。

"你这是在做什么？"

博美很大声地问道。

"为什么妈妈不肯为我做这些？"

终于，友子的感情爆发了。

"为什么你不早点来接我？"

友子抓住博美的袖子，用呜咽的声音控诉道。听了友子的这番心里话，博美渐渐浮现出惊讶的表情，抬头看着友子。

"这种事情，我也不懂。虽然我很想去了解，但是我不懂……有时候忽然都不知道该怎么办才好……"

说完这些话，博美松开了抓住友子胳膊的手。友子也松开了博美的袖子。

博美是搞不清优先顺序的人，正如牧男之前所说的那样。眼前的博美，无力地低着头。她的那副模样，好似一个比友子还要幼小的少女。低着头的博美，无力地站起身，一边啜泣着一边走向了玄关。

"妈妈？"

友子慌张地追向博美。

"妈妈、妈妈……"

博美正准备穿鞋，友子飞扑到她的背上，紧紧地一把抱住。

"我想和妈妈在一起。"

友子从嗓子眼里挤出了这句话。

"你要去哪儿？不要丢下我，不要留下我一个人。"

友子和博美哭了，她们彼此的身体在发抖。友子的手紧紧地抓着博美的胳膊，博美把自己的手放在了友子的手上，友子忍不住哭出了声，两人就那样过了好一会儿。

"今天，妈妈你先自己回去……"

友子抬头看着博美说道。"我会和妈妈在一起，但是今晚我想待在这里。"这也是友子此时最真实的想法。

博美捏住友子的手，把友子的手从自己的胳膊上放下来。她无言地回首，看着牧男和伦子，向友子微微地点了点头。博美飘飘摇摇地穿上了鞋，把手伸向了玄关的门。

"姐……"

牧男叫住了她，博美停下了脚步。

"友子她不喜欢便利店的饭团。"

听了牧男的话，背对着他们的博美，似乎想要说些什么，但她只是叹了叹气，什么话都没有说。博美拼命地点了点头，便离开了。

伦子一步都没有离开过客厅，一直注视着友子和博美的她，没有说一句话，低头看着地板。

晚上三人把被窝铺成了"川"字，关掉了电灯。伦子和友子规规矩矩地仰卧着，牧男背对着她们。虽然眼睛是闭着的，但他们知道没有人睡得着。伦子感觉到了这样的气息。

"真是太好了。"

伦子低声说道。

"嗯？"

友子发出了疑问。

"一想到这下子再也不用收拾游戏机和乱扔的衣服，我就觉得轻松。"

伦子拼命地在逞强。

"我也是。这下子再也不用被伦子扯头发了，我也挺开心的。"

友子回应道，接着卧室里陷入了沉默。

"对不起……"

友子用小声到快要消失的声音说道。

"别道歉，听了难过。"

鼻子的深处传来一阵酸痛。虽然伦子想要直接这么糊弄过去，但是她呜咽的声音出卖了她。伦子把身体背向友子，紧紧地闭上眼。没想到这时，友子钻进了被窝。伦子紧紧地抱住了友子，把友子的手放在了自己的胸部上。友子把脸埋进伦子的胸部，安静地哭泣着。伦子也忍不住哭了出来。背对着她们的牧男，也快要忍不住了。安静的卧室里只能听见啜泣声，伦子感受到了这些气息。

博美走过夜晚的走廊，小心翼翼地不让鞋跟发出声音。她静悄悄地打开门，溜进了房间。博美俯视着小百合的脸，她正安静地在床上，发出熟睡的鼻息声。博美蹲了下来。

"一是小鸡在笼中睡觉觉，二是船夫在船上睡觉觉……"

就这样看着小百合安详的面容，博美不自觉地唱起了儿时小百合唱给自己听的摇篮曲。博美伸出手，轻轻地触摸小百合的头发。

友子入睡之后，伦子从被窝里出来，点亮了台灯，在沙发上织起了东西。她拼命地织着，不知不觉间窗户外面渐渐变得明亮了起来。配送报纸的自行车路过，把报纸扔进了各家各户的邮筒里。

织完以后，伦子站起身来裹紧了睡袍，走到了阳台上。四周是青白色的，飘着雾气。

友子是那么可爱，多么想和友子在一起。

因为不想再受到伤害，所以伦子从不让自己期待太多。能和牧男在一起就已经很幸福了，自己却如此贪婪。

结果不仅伤到了自己，还让友子顾虑这么多。

对不起。

是自己让友子说出了这句话。友子没有做错任何事，应该说这句话的人是伦子。

伦子不经意地看向了远方林立的住宅街。以前从来没有注意到，从阳台可以看见的那条河的对岸，不知道谁家的忘记收起来的鲤鱼旗在飘动着。伦子把脸靠在了扶手上，注视着远方的鲤鱼旗，脸上浮现出浅浅的微笑。

友子醒来，伦子已经给自己做好了早饭。想到要和伦子分开了，友子心里充满了寂寞，有些吃不下饭，然而一动起筷子的她，竟无法抵挡伦子的料理的美味，把早餐一扫而空了。

吃完早饭，不得不说再见了。牧男拿着友子的行李，先下楼去了。友子牵着伦子的手，缓慢地走下了住宅区外层的楼梯。

"你一个人没问题吗？"

牧男一边把行李塞进预约的出租车里，一边问道。

"嗯，没事。"

友子回答道。

"友子，老姐就拜托你了。"

牧男低下了头。

"知道了。"

友子说道，接着她看向了伦子。伦子整理着友子乱掉的刘海和卫衣。友子目不转睛地看着眼前的伦子。

"随时都可以过来玩，我会等着你的。"
牧男说道。

"谢谢你。"
友子强忍着眼泪，点了点头。

伦子紧紧地抱住了她。伦子和平时一样，是那么温暖，是那么好闻。友子紧紧地闭上双眼，就这么被伦子的触感和气味包围着。

就像牧男所说的，随时都可以来玩，随时都能见面。可是……自己伤害了伦子。友子自己也不太明白，但昨天友子从背后抱住了博美。

和伦子、牧男一起的生活是快乐的，友子获得了抵得上过去好几年的欢笑，很想就这样一直待在这里，希望这段时光能够一直继续下去。时不时友子会这么想。这些不是假话。

可是，在河岸边看见走上楼梯的博美时，友子的内心产生了动摇，她拼命地追赶着。发现博美不在公寓里时，难过得不得了，好像从膝盖开始都要崩塌了似的。

为什么友子成不了博美优先顺序中的第一名呢？为什么博美不能和友子待在一起呢？

"如果你做了什么伤害伦子的事情，我可饶不了你。"

富美子说这话时的认真表情，让人背脊发凉。

"谁叫我的女儿最可爱呢。"

说完这句话之后，富美子露出了发自内心的笑容。友子受到了很大的冲击，她被富美子的气魄压倒了。

友子很羡慕伦子。

博美不会对自己说这样的话，友子顿时觉得很悲伤。

看到博美来接自己的时候，她不知道如何是好。

博美对自己的所作所为，让友子感到很生气。即便是现在，她也无法完全信任博美。牧男和伦子更可靠。可是，当她看见博美的那一瞬间，不知道为什么忽然松了一口气。哪里都不要去，不要离开我——友子想要对着博美如此大喊。

友子很想说些什么，但自己也解释不清楚。

不管说什么，都好像不是发自内心的。

脑袋里乱成一团……

伦子松开了紧抱着友子的手，把她推进了出租车里。伦子从牧男手里拿过一个小包裹，她什么都没有说，像是硬塞过去似的，放在了友子的腿上。还从没见过伦子做出如此粗暴的动作。不过，粉色的包装纸和漂亮的丝带，一看就是伦子的风格。

"拜托您了。"

牧男说罢，出租车的门便关上了。友子的一双通红的眼睛，一直看着伦子。随后出租车便开走了。

伦子和牧男，像是没了魂魄一样回到了屋子里。他们站在和室的门口，伦子双眼无神地看着房间里。

一个没有友子的房间。

友子不会再回到这个房间了。

以后伦子回到家里，再也不会看见地板上扔着书包，也不会听见游戏机的声音。

就像不久之前那样。不过是回到从前的生活罢了。可是为什么心里是如此空虚呢？

伦子煎熬地思索着，而这时她发现书架前掉落了一样东西，是友子的那条猫咪图案的擦手巾。伦子把它拾了起来。

友子松开了握着擦手巾的手，钻进了伦子的被窝。

那天晚上，友子不再是一个小宝宝了？

刚才在伦子的胸膛里哭泣的友子，比从前更像一个大人了？

伦子手里拿着这条擦手巾，把脸埋了进去。

"呜……"

强忍着的泪水，终于决堤了。比起友子，自己更像一个小孩。

也许伦子能够代替这条猫咪图案的擦手巾，可是她无法代替博美。

哭泣的伦子，肩膀不停地颤抖着，牧男从背后紧紧地抱住了她。

友子回到了公寓，房间里还是一如既往地昏暗，但没有之前的那种气味了。没看见博美，但昨天晚上她应该回家了才对。水槽里没有脏东西，房间里晒了不知道多久的毛巾也不见了，窗帘轨道上挂着的晾衣架也不见了。友子往和室里看了一眼，被子也好好地叠了起来。被友子亲手撕掉的博美的衬衣也不见了踪影。

友子扔下沉甸甸的背包，拉开窗帘，一屁股坐下了。她小心翼翼地拆开了伦子递给她的包裹。看着出现在眼前的东西，友子屏住了呼吸。那是一对用毛线织的乳房。

友子轻轻地把手伸向了毛线的乳房。

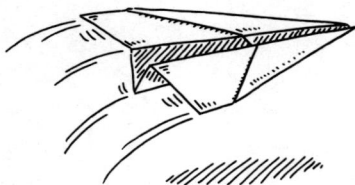

那是一对用毛线织的乳房。
友子轻轻地把手伸向了毛线的乳房。

彼らが本気で編むときは、

KARERAGA HONKIDE AMUTOKIWA,by Naoko Ogigami, Shinobu Momose
Copyright © 2017 "KARERAGA HONKIDE AMUTOKIWA" Seisaku Iinkai/ PARCO CO., LTD.
All rights reserved.
Original Japanese edition published by Parco Publishing

Simplified Chinese translation copyright © 2021 by China South Booky Culture Media Co., LTD
This Simplified Chinese edition published by arrangement with PARCO CO., LTD.,
Tokyo, through HonnoKizuna, Inc., Tokyo, and Bardon Chinese Media Agency

© 中南博集天卷文化传媒有限公司。本书版权受法律保护。未经授权利人许可，任何人不得以任何方式使用本书包括正文、插图、封面、版式等任何部分内容，违者将受到法律制裁。

著作权合同登记号：18-2020-146

图书在版编目（CIP）数据

人生密密缝 /（日）荻上直子，（日）百濑忍著；李诺译 . -- 长沙：湖南文艺出版社，2021.1
　ISBN 978-7-5404-7893-3

　I. ①人… II. ①荻… ②百… ③李… III. ①长篇小说—日本—现代 IV. ①I313.45

　中国版本图书馆 CIP 数据核字（2020）第 178215 号

上架建议：畅销·日本文学

RENSHENG MIMI FENG
人生密密缝

作　　　者：[日]荻上直子　[日]百濑忍
译　　　者：李　诺
出 版 人：曾赛丰
责任编辑：匡杨乐
监　　制：邢越超
策划编辑：李彩萍　闫　雪
特约编辑：李美怡
版权支持：金　哲
营销支持：周　茜
封面设计：UNLOOK@ 广岛 Alvin
版式设计：李　洁
封面插画：龚晨（微博 @ 宇宙废狗）
出　　版：湖南文艺出版社
　　　　　（长沙市雨花区东二环一段 508 号　邮编：410014）
网　　址：www.hnwy.net
印　　刷：旺源文化发展（天津）有限公司
经　　销：新华书店
开　　本：880mm×1270mm　1/32
字　　数：100 千字
印　　张：7
版　　次：2021 年 1 月第 1 版
印　　次：2021 年 1 月第 1 次印刷
书　　号：ISBN 978-7-5404-7893-3
定　　价：48.00 元

若有质量问题，请致电质量监督电话：010-59096394
团购电话：010-59320018